KB165436

눈물이 마를 날은 언제인가

눈물이 마를 날은 언제인가

초판 1쇄 2011년 5월 2일 발행

지 은 이 ㅣ 나가이 다카시
옮 긴 이 ㅣ 조양욱
펴 낸 곳 ㅣ 해누리
펴 낸 이 ㅣ 이동진

편집주간 ㅣ 조종순
마 케 팅 ㅣ 김진용 · 김승욱

등록 ㅣ 1998년 9월 9일 (제16-1732호.)

주소 ㅣ 서울시 마포구 성산1동 239-1 성진빌딩
전화 ㅣ (02)335-0414   팩스 ㅣ (02)335-0416
E-mail ㅣ sunnyworld@henuri.com

ⓒ해누리, 2011

ISBN 978-89-6226-024-3 (03830)

무단전재와 무단복제를 할 수 없습니다.

*잘못된 책은 구입하신 서점에서 바꾸어 드립니다.

눈물이 마를 날은 언제인가

나가이 다카시 지음 | 조양욱 옮김

차례

1부

나가사키의 종소리 되어 울려 퍼지길……

참 얄궂은 운명입니다. 2011년 3월 11일에 발생, 엄청난 피해를 안겨준 지진 해일 쓰나미에다 원자력발전소의 방사능 누출 소동, 바로 이웃 일본의 횡액(橫厄)입니다. 텔레비전을 통해, 신문을 통해 그 참상을 대하면서 지금으로부터 꼭 40년 전의 일이 떠올랐습니다.

당시 어쭙잖게도 대학에서 일본어를 배우고 있던 나는 강독(講讀) 교재에 실린 한 일본인 의사의 사연에 가슴이 뭉클했습니다. 그 이가 바로 이 책을 쓴 주인공 나가이 다카시 박사였습니다. 그는 하필이면 방사선과 전문의였으며, 나가사키에 떨어진 역사상 두 번째 원폭으로 애꿎게 아내마저 잃은 비운의 사나이였습니다. 하지만 나가이 박사의 헌신적인 생애에 관한 이야기는 세월이 한참 흐른 뒤에야 알게 되었습니다. 처음에는 그이의 이름조차 몰랐습니다. 변명을 하자면, 일본에서 출간된 여러 명저(名著)에서 인상 깊은 글들을 한편씩 골라 엮은 강독교재였던지라 애당초 글쓴이의 이름은 빼먹었을 가능성이 있습니다.

어쨌든 학업을 마치고도 늘 '일본'이라는 피사체를 붙들고 살아야했던 내 뇌리에는, 이따금 학창시절의 그 감동이 불쑥불쑥 솟구치며 아련한 그리움처럼 맴돌았습니다. 그래서 언젠가는 원서(原書)를 구해 글 전체를 우리말로 옮겨보아야지 하는 혼자만의 바람을 갖고 지냈습니다.

마침 신문쟁이에서 떨치고 나와 출판 언저리를 맴돌게 된 나는 이제야말로 '내고 싶은 책'을 실컷 내보자고 다짐했습니다. 하지만 웬걸, 끙끙대며 고작 책 몇 권을 세상에 선보이고 나자 나라가 IMF 구제금융에 목을 매는 황당한 지경에 빠져버렸습니다. 사방에서 들려오는 아우성에 나 역시 덩달아 어쩔 줄을 몰라 허둥댔습니다.

그러던 어느 날, 언제나 옹달샘처럼 맑고 구들목처럼 따뜻한 정호승 시인이 "이럴 땐 상처 난 마음을 어루만져주는 아름다운 책, 감동의 책을 내야 한다"며 풀 죽은 내 등을 다독거려 주었습니다.

한 줄기 환한 빛을 본 듯한 나는 용기를 내어 저작권문제

등으로 접었던 꿈의 실현에 나섰습니다. 바로 대학시절의 그 명작을 출간하는 일이었습니다. 이미 일본인 친구들에게 여기저기 수소문하고 우여곡절을 겪은 끝에 나가이 박사의 사연은 속속들이 챙겨두었고, 번역 작업도 대충 마무리되어 있었습니다.

아내를 잃고, 열 살 난 아들 마코토(誠一)와 네 살짜리 코흘리개 딸 가야노(茅乃)를 힘겹게 키우면서도, 나가이 박사의 이웃사랑은 변함이 없었다고 합니다. 자신도 살날이 얼마 남지 않은 시한부 생명이면서 말입니다. 그는 대학병원에서 환자를 돌보지 않는 날이면 멀리 무의촌을 찾아다니며 병자들을 무료 진료했습니다. 그것은 원폭으로 도시가 폐허로 변하기 전부터 해오던 그의 삶 그대로였습니다. 게다가 나중에는 병석에 누워 운신조차 어려운 상태에서도 '원자폭탄 구호 보고서'를 작성하여 제출하는가 하면, '원자병과 원자의학'이라는 연구논문을 학회에 내기도 했답니다. 둘 다 방사선 전문의로써 피폭 체험까지 가진 사람만이 쓸 수 있는 귀중한 자료였음은 두말 할 나위가 없었습니다.

그 같은 나가이 박사의 삶과 박애정신이 널리 알려지면서 일본열도 남쪽 끝자락에 있는 조그만 항구도시 나가사키를 찾아오는 명사들의 발길이 꼬리를 물었습니다. 불굴의 의지를 가진 위대한 여인 헬렌 켈러, 교황이 일부러 위문 특사로 파견한 대주교, 심지어는 일본 천황까지 달려와 그의 손을 가만히 쥐었답니다. 시민들은 영원한 '나가사키 명예시민'의 칭호를 그에게 바치기도 했습니다.

하지만 그 모든 것이 결국은 스쳐가는 바람 같지 않았을까요? 1951년 5월1일, 그는 43세를 일기로 아내가 기다리는 곳으로 돌아오지 못할 길을 떠났습니다. 자신의 육신을 평생 몸담았던 나가사키 의과대학에 해부용으로 기증한 것이 이 성자의 인류를 향한 마지막 봉사였습니다.

새삼스런 감동으로 부르르 떨리는 몸을 가누면서 묵혀두었던 번역 원고를 가다듬었습니다. 용케 연락이 닿은 아들 마코토 씨는 아버지를 그리는 마음을 담은 글을 흔쾌히 보내주기도 했습니다. 그렇게 해서 1999년 『로사리오의 기도』(베틀북)를 출간했습니다. 하지만 안타깝게도 한국어판이 나온 지 한 해가 지난 뒤 마코토 씨가 세상을 떠나더니, 2008년 2월에는 따님 가야노 씨마저 가족을 만나러 하늘나라로 갔다는 부음을 일본신문에서 읽어야했습니다.

참 얄궂은 운명입니다. 이제 또 쓰나미와 방사능의 공포가 세상을 들썩이는 가운데 서점에서 일찌감치 자취를 감춘 나가이 박사의 그 책을 『눈물이 마를 날은 언제인가』라는 제목으로 다시 내게 되었습니다. 정말이지 가족을 비롯하여 사랑하는 모든 것들을 잃은 그 사람들의 눈에서 눈물이 마를 날은 언제일까요?

나가이 박사가 병석에 누워 사투를 벌일 때, 그를 격려하느라 그가 펴낸 책 이름에서 딴 '나가사키의 종(鐘)'이라는 노래가 만들어져 수많은 일본인의 심금을 울렸다고 들었습니다. 시인이자 동요작가이기도 했던 사토 하치로 씨가 지은 '나가사키의 종'의 노랫말을 여기 적어봅니다. 부디 해맑은 종소리로 되살아나 쓰나미와 방사능에 구겨지고 다친 이들의 마음을 어루만져주었으면 좋겠습니다.

"가없이 맑게 갠 푸른 하늘이 / 도리어 슬퍼지는 이 안타까움이여 / 넘실대는 파도와 같은 인간 세상에 / 덧없이 피어난 한 송이 들꽃이여 / 위로하고 달래주는 나가사키의 / 아아 나가사키의 종소리가 울려 퍼지네."

2011년 시린 봄날에
조양욱(曺良旭)

나의 아버지 나가이 다카시

나가사키의 사나이

지금으로부터 반세기 전인 1951년, 일본 나가사키 현 나가사키 시에 원자폭탄의 투하로 부상당한 한 남자가 있었다. 방사선 전문의였던 그 사나이는 1908년 2월 3일, 이즈모다이샤(出雲大社)(일본의 토속신앙인 신도(神道)의 한 계파로 시마네 현에 있는 신사(神社)_역자)의 신자였던 의사 집안의 5형제 중 장남으로, 일본 시마네 현(島根縣) 마쓰에 시(松江市)에서 태어났다. 고등학교를 수석으로 졸업한 그는 국립 나가사키 의과대학에 입학했다. 이렇게 대학생활을 위해 나가사키에 온 것이 사나이의 운명을 결정짓는 갈림길이 되었다.

그는 대학 졸업을 일주일 앞두고 악성 중이염으로 중태에 빠진 것을 비롯하여 원폭의 피해를 당한 38세까지 4번이나 위독한 상태를 겪었다. 또한 방사선 전문의로서의 직업병이라 할 백혈병에 걸려 3년밖에 더 살지 못할 것이라는 시한부 인생의 선고를 받고도 원폭 투하 후 5년을 더 버텼으나, 결국 두 자녀를 남겨두고 43세의 한창 나이에 귀천(歸天)하고 말았다.

그가 생애의 마지막 5년 동안 병상(病床)에 누운 몸으로 원폭 피해자의 구호와 원자병 연구, 복구에 구슬땀을 흘리는 피폭자들의 생활과 가톨릭 신자로서의 신앙 등을 기록한《나가사키의 종(鍾)》《이 아이를 남겨두고》《로사리오의 기도》《생명의 강》을 위시한 16권의 저서를 남긴 사실은 특기할만한 일이었다.

그는 일본 부흥에 노력한 공로로 국가 표창을 받기도 했다. 그의 글 속에는 언제나 '원폭을 포함한 핵무기의 사용 금지', '나를 아끼듯 남을 사랑하여 세계 평화의 실현' 이라는 원망(願望)이 담겨있었다. 이 사나이가 바로 나의 아버지 나가이 다카시이다.

원폭의 폐허에서

1945년 8월 9일 오전 11시 2분, 미 공군 B29폭격기가 나가사키 상공에서 투하한 원자폭탄이 우라가미 지역에서 작렬

했다. 아버지는 의대 병원 구내에서 유해 방사능을 띤 원폭에 맞아 오른쪽 두부(頭部) 동맥이 절단되는 중상을 입었다. 주변은 갑자기 참혹하게 죽은 유체와 살려달라고 외치는 부상자의 절규로 가득했으며, 불타올라 초토가 된 집들과 파괴된 거리는 아비규환의 지옥이었다.

느닷없는 원폭 투하는 그야말로 청천벽력이나 다름없었지만 두려움에 떨고만 있을 계제가 아니었다. 아버지는 만주와 중일 전쟁 당시에 겪었던 구호 체험으로 의사로서의 혼이 온몸에서 솟구쳐 오르는 것을 느꼈다. 구호 지휘자로 나선 아버지는 그때의 상황을 정리하여 세계 의학계에서는 최초였던 〈원자폭탄 구호 보고서〉를 나가사키 대학 학장에게 제출, 주목을 끌기도 했다.

38세였던 어머니는 우리 집과 함께 불에 타서 죽었다. 나와 여동생 가야노는 교외로 피해 있었던 덕분에 무사했다. 아버지와 우리는 불타버린 집 위에 임시 거처를 마련하여 궁핍한 생활을 시작했다. 살아남은 피폭자들은 다들 비슷한 상태였으므로 배고픔도 느끼지 못했다. 어른이고 아이들이고 할 것 없이 다들 폐허 정리와 복구에 경황이 없었다. 그리고 우선 우라가미 가톨릭교회를 임시로 세워 성모 마리아의 가호와 하느님의 은총을 기도했다. 아버지는 병든 몸을 지팡이에 의지한 채 원폭의 폭심지를 중심으로 한 피해지역을 돌아다니며 인간과 동식물의 방사선 장애를 조사하고 성장 상태를 관찰했다.

아버지의 이런 행동에는 목적이 있었다. 첫 번째 목적인 원폭의 진상 기록은 역사, 문학, 국제법, 의학, 물리, 토목공학, 종교, 인도주의 문제의 자료로서 객관적으로 관찰하여 정확하게 기록하는 일이었다. 두 번째 목적은 '전쟁을 일으키지 말라'는 외침을 피폭 생존자들이 한 목소리로 계속 외치는 일이었다. 나가사키 시민은 세상이 끝장날 때까지 외칠 것이다. '전쟁은 나가사키가 마지막이다', '평화는 나가사키로부터'라고……

1946년 봄, 우리 가족은 가톨릭 목공조합과 이웃 사람들이 세워준 다다미 두 장 크기의 목조 가옥으로 이주했다. 아버지는 이 집에 당신의 생활신조인 여기애인(如己愛人)(이웃 사랑하기를 네 몸같이 하라_역자)에서 따온 '여기당(如己堂)'이라는 이름을 붙였다. 그리고 '병은 하늘이 내려준 은혜다'는 것이 아버지의 신조였다. 그 신조에 따라 하루에 대여섯 명씩 찾아오는 손님들을 만나는 사이사이, 그리고 이른 아침과 밤이면 드러누운 자세로 왼손에 원고지를 들고 오른손으로 원폭 기록에 전념했다. 세상을 떠나기 열흘 전, 오른팔 세 군데가 썩고 부러질 때까지 아버지의 글쓰기는 멈추지 않았다.

아버지는 개종한 뒤 항상 로사리오(묵주)를 지니고 틈이 날 때마다 기도를 올렸다. 기도의 필요성은 콜베 성인을 비롯한 성직자들과의 만남을 통해 더욱 깊어졌다. 교황 피오 12세가 아버지를 위해 로사리오를 보내주셨다. 나는 아버지로부터 기도드리는 방법을 배웠다.

우리는 평화를 기원한다. 평화는 하느님이 기뻐하시는 것이며, 그 평화를 간직하도록 기도하는 것이다. 그렇지만 카인의 후예인 인간은 툭하면 싸움을 일삼고, 피를 보려고 한다. 그런 유혹에 빠지지 않도록 하느님의 보살핌을 구하는 것이다. 평화를 기원하는 사람이라면 바늘 하나라도 감추고 있어서는 안 된다. 도저히 피할 수 없는 지경에 몰려 자위를 위해서라도 무기를 지녀서는 이미 평화를 기원할 자격이 없다. 전쟁을 완전히 포기하는 것이 평화의 기도를 올리는 전제 조건이다.

성 프란시스코 사비에르는 몸에 쇠붙이 하나 지니지 않은 채 홀로 스페인에서 동양으로 왔다. 험한 표정은 눈곱만큼도 짓지 않았으며 힘 따위는 쓰지도 않았다. 그가 지녔던 것은 오직 '사랑' 뿐이었다.

"원수를 사랑하라. 사랑하고, 사랑하고, 사랑하여 나를 미워할 새가 없도록 사랑하라. 사랑하면 사랑받는다. 사랑받으면 멸하지 않는다. 사랑의 세계에는 적이 없다. 적이 없으면 전쟁도 일어나지 않는다."

너무나 알기 쉬운 아버지의 가르침이었다. 군의로서 전쟁을 체험하고, 방사선 전문의사의 몸으로 원폭에 부상당한 사나이가 남긴 삶의 도리(道理)였다.

아버지의 마지막 모습

그토록 사랑했던 아버지의 마지막 모습은 이러했다. 주치의의 지시로 성모 마리아의 달인 1951년 5월 1일 오전, 아버지는 들것에 실려 예전에 근무하던 나가사키 의대 병원에 입원했다. 복구 작업이 한창인 우라가미 지역이 내려다보이는 동네 언덕에서 잠시 휴식. 내가 부어드린 위스키를 두어 모금 마시면서 길거리를 구경한 다음 정오가 되기 전에 입원. 소강상태가 이어져 주치의와 의료진은 돌아갔다.

나와 친척 여성이 옆방에서 대기하고 있었다. 오후 9시 50분, 갑자기 "예수, 마리아, 요셉, 기도해 주세요"라는 아버지의 외침이 들려왔다. 병실로 뛰어가 머리맡에 놓여있던 십자가를 아버지의 손에 쥐어드리며, "아버지!" 하고 불렀으나 대답이 없으셨다. 아버지는 고통에 찌든 모습이 아니라 고요히 잠이 든 듯한 임종이었다. 나는 천국에서의 아버지의 안식을 기원했다.

나가사키 시 우에노에서

나가이 마코토

꾸밈없는 폐허 위에서의 생활

불치의 병에 걸려 몸져누운 지 어언 2년여, 여러분들의 기도와 격려에 힘입어 가느다란 생명의 줄을 여기까지 이어왔다. 그동안 집필하거나 구술한 짧은 글들을 시키바(式場) 박사가 정리하여 출판하게 되었다.

이렇게 정리된 글을 다시금 읽어보니 나라는 인간의 결점이 그대로 드러나 한없는 부끄러움에 사로잡힌다. 하지만 이 또한 꾸밈없는 폐허 위에서의 생활 기록인지라 세상의 비판을 감수하지 않을 수 없는 노릇이다.

수많은 전쟁 이재민들은 이제 전재(戰災)로 갈기갈기 해어진 옷을 벗고 새로운 평화의 옷으로 갈아입으려 하고 있다. 나 역시 이 글을 가슴 아픈 이 들판에 허물처럼 남겨두고, 새롭게 최후의 생활에 들어가야 하리라. 그것이 추억의 생활이 아니라 재건의 생활이며, 비탄의 생활이 아니라 희망의 생활이었으면 좋겠다.

지금 내 마음을 가득 차지하고 있는 것은 '하느님의 영광을 위해서' 라는 일념뿐이다. 나는 이미 병상에 누운 몸이어서 커다란 봉사는 할 수 없을지 모른다. 그러나 가느다랗게 이어져가는 이 생명을 오직 이 일념으로 불살라 마지막 순간까지 하느님을 받들고 싶다.

일요일 아침마다 나카다(中田) 신부님께서 주시는 성체(聖體)는 송구스럽게도 나를 찾아와, 나와 일치되어, 나에게 무한의 힘을 불어넣어 주신다. 내 자신은 전혀 힘이 없다. 그렇지만 이렇게 받은 성체에 의해 하느님의 영광을 찬미하는 일을 반드시 해낼 수 있으리라 믿는다.

내가 직접 아는 분, 또는 전혀 알지 못하는 분들, 보잘 것 없는 나를 위해 힘이 되어주신 그 모든 분들께 감사드리며, 하느님의 축복이 한없이 내려지기를 기도한다.

1부

로사리오의 기도

나는 대학을 마치고 3년째 되던 해, 연구실 조교로 있을 때 결혼했다. 그 당시 내가 받은 월급은 40엔이었다. 만주 사변이 일어난 무렵이라 물가는 쌌지만 그래도 아내는 40 엔으로 집안 살림을 꾸려나가기란 무척 힘겨운 일이었다. 하지만 아내는 단 한번도 내게 불평하지 않았다.

물론 새 옷 한 벌 사준 적도, 영화 한번 보여 준 적도, 둘이 외식을 해본 기억도 없다. 그저 노는 것이래야 1년에 한 번 바다에 간 정도일까. 나는 날마다 밤이 깊어질 때까지 연구 실에 틀어박혀 있었고, 아내는 부지런히 집안일에 매달렸 다. 월급 40엔의 생활은 그렇게 7년 동안 이어졌다.

가족들이 입던 옷은 모두 아내가 손수 만든 것이었다. 내 양말에서부터 와이셔츠, 외투에 이르기까지 하나하나 정성을 쏟아 만들었다. 그것을 보고 연구실 여직원은 "선생님은 낮에도 사모님 품에 안겨있는 셈이네요."라며 놀리기도 했다.

아내는 분을 바르지 않았다. 그때는 파리의 립스틱이건 이탈리아의 향수이건 손쉽게 구할 수 있던 시절이었고, 거리에는 유한마담으로 자처하는 여자들이 설치고 다니기도 했다. 식량은 썩어서 내다 버릴 만큼 흔했다. 아내는 잠시도 쉬지 않았다. 맑게 갠 날이면 거름을 짊어지고 밭에 나가서 일을 했고, 비가 오는 날에는 바느질이나 뜨개질을 했다. 그리고 마을 부인회 연합반장 역할까지 맡고 있었으며, 무엇보다도 내 아내로서 할 일, 즉 괴짜 남편의 뒷바라지를 해야만 했다.

나는 새로운 연구에 매달리게 될라치면 신경이 예민하게 변했다. 연구 주제에 마음을 송두리째 빼앗기고 마는 것이다. 몇 날 며칠이건 도서실에 죽치고 앉아 선인들의 업적을 뒤진다, 메모 카드를 만든다, 그것들을 얼추 정리한 다음 비로소 나의 새로운 이론을 고안한다, 실험 장치를 만든 뒤 드디어 실험에 덤벼든다, 몇 달이 지나서야 결론이 나온다, 그것을 정리하여 논문을 쓰고, 교정을 본다. 대충 그런 식의

과정을 거치는데, 그 동안에는 연구 이외의 일은 아무것도 머릿속에 들어오지도 않았다. 아내가 말을 걸어오면 대답이야 한다. 밥상을 차려오면 먹기는 한다. 아이가 울면 노려보기도 한다. 그러면서도 나는 무슨 말을 했는지, 무엇을 먹었는지, 무슨 일을 했는지 전혀 기억하지 못했다.

한번은 대학에서 집으로 돌아오는 길에 아내와 마주쳤는데도 모르고 그냥 스쳐 지나간 적이 두 번이나 있었다고 한다. 나중에 아내에게서 그 말을 듣고서야 "그랬어?" 하고 대꾸할 뿐이다. 그럴 때에 내 눈은 멀뚱멀뚱 허공을 향해 있고, 입은 무엇이라고 중얼중얼 거리는 모습이 매우 섬뜩한 기분이 드는 모양이다. 언젠가 아내는 "마치 몽유병자를 간호하고 있는 듯해요." 라는 말까지 했다.

아내는 반드시 의논해야 할 집안일이 생겨도 남편 신경을 건드려서는 안 된다는 생각에 말을 붙일 수조차 없다. 또한 남편이 두뇌를 쓰는 작업이니까 특별한 음식을 만들어 주어야 하고, 넥타이를 잊어버리고 뛰쳐나가는 남편을 위해서 옷과 양말 등 자질구레한 것들도 미리 챙겨야 한다. 남편이 나가고 나면 방안에 온통 널려있는 조사 카드와 노트, 참고서, 사진 휴지조각 등은 버려도 되는지 아닌지 마저 분간

할 길이 없어 밤늦게 돌아올 때까지 그냥 그대로 두어야 한
다. 아내는 가냘픈 몸으로 남편의 뒷바라지를 잘도 해주었
다.

  그런 아내의 고생에 대한 나의 보답은 오로지 학술잡지에
실린 내 논문을 보여주는 것뿐이었다. 다른 사람들이라면
소파에 몸을 파묻고 방바닥에 드러누워 건성으로 읽을 잡
지를, 아내는 자세를 바로잡고 단정하게 꿇어앉아 공손히
받든 채 잉크냄새 풀풀 나는 종이를 한 장 한 장 넘기며 읽
었다. 내 이름이 활자로 찍힌 바로 그 페이지, 거기에 실린
글은 전문용어 투성이라 아내가 읽어보았자 이해가 될 리
없다. 하지만 그것이 불과 몇 페이지짜리의 짧은 글이라도,
그 안에 남편의 생명이 담겨있다는 사실을 아는 아내는 눈
물마저 글썽이면서 읽었다. 나는 그 곁에서 젖먹이를 안아
들고 어르면서, 한동안 가슴속에서 뜨거운 샘물이 솟아나
는 것 같은 기분에 젖어들곤 했다.

  일요일 아침, 우리 가족의 행복한 시간은 모두가 성당으
로 미사 드리러 갈 때였다. 나는 큰 녀석 손을 잡고, 아내는
어린 녀석을 등에 업고 언덕 위에 있는 성당을 향해 오솔길

을 걸어가노라면, 종루(종을 달아 두는 누각)에 매달린 종소리
가 은은하고 맑게 울려 퍼졌다. 이집 저집 나들이옷을 갈아
입고 나온 사람들은 밝은 표정으로 길 따라 함께 걸었다.

성당 안은 창틈 사이로 아침 햇살이 밀려들어 왔고, 그 햇
살의 빛깔 아래 모두가 하나였다. 나의 목소리와 아내 목소
리, 더듬거리는 어린아이 목소리, 옆자리에 앉아 있는 나이
든 농부의 갈라진 목소리, 이 모든 목소리가 하나가 되어 하
늘에 계신 우리 아버지를 찬미했다. 그토록 행복했던 날은
이제 더 이상 오지 않을 것이다.

나는 친구가 적었다. 내 친구들은 다들 고만고만한 빈털
터리 연구원들이었다. 어느 여름날 밤, 우리 집 뒤뜰 바위에
앉아 달빛을 즐기고 있는데, 해부학 교실의 나카무라(中村)
조교수가 한 손에 부채를 들고 들어섰다. 그는 내 앞에 있는
바위에 앉자마자 '도롱뇽의 알'에 관한 이야기를 끄집어냈
다. 우리 집 피서용 바위 평상에 앉으면 화제는 늘 그랬다.

나카무라 조교수는 처녀생식 실험을 하고 있었는데, 지난
해 참개구리 알을 이용한 실험에 성공했다. 알의 어느 극을
백금 침으로 찔러 그것이 정충의 진입과 다름없는 자극이

되는지, 알은 제대로 분할을 시작해서 차츰 자라나 정상적인 개구리가 되었다. 올해에는 그것을 도롱뇽의 알로 시험하고 있었다. 만약 성공한다면 그 다음엔 어떻게 해서든 포유류로 해보고 싶어 했다.

이때 아내가 함지박에 우물물을 한가득 길어왔다. 함지박 안에는 오이와 토마토가 둥둥 떠 있었다. 나카무라는 왼손바닥에는 토마토를 올려놓고, 오른손으로 오이를 쥔 채 그것을 알과 정충에 비유하며 붙였다가 떼었다가 하면서 장황하게 설명을 늘어놓았다. 그런데 설명하면서 덥석덥석 토마토와 오이를 베어 먹는 바람에 어느 결에 알도 정충도 나카무라의 뱃속으로 사라지고 말았다.

아내는 여느 때처럼 뒤뜰이 보이는 다다미방에서 셔츠를 다리면서 우리 두 사람 이야기를 듣고 있었다. 나카무라는 느닷없이 아내에게 말했다.

"아주머니, 이제 남편 없이도 아기를 가질 수 있게 될 겁니다."

그러자 아내가 웃음 띤 얼굴로 대답했다.

"정말 그렇게 될까요? 하지만 설령 그렇더라도 부부의 목적이 아이를 갖는 것만은 아닐 텐데요……?"

나카무라는 그 말을 듣고 빙그레 웃었다.

조교수가 되자 내 월급은 100엔으로 올랐다. 그러자 아내도 안도하는 눈치였다. 이제 곧 아이가 초등학교에 들어가는 만큼 40엔으로는 생활하기 곤란한 상황이었다. 하지만 아직 우리는 연극을 볼 만큼 여유는 없었다.

그로부터 5년이 흘렀다. 나는 오랜 세월 연구에 매달려온 방사선 장애로 백혈병에 걸렸다. 앞으로 몇 년밖에 더 살지 못한다는 진단이 내려졌다. 나는 언제나 마음속 깊이 신뢰해 온 아내에게 모든 것을 털어놓고 대비책을 세우려고 말했다. 아내는 무표정한 얼굴로 꼼짝도 하지 않고 내 말을 듣기만 했다.

나는 아내가 동요하지 않는 것을 보고 한없이 기뻤다. 아내는 진작부터 각오하고 있었던 모양이다. 이런 아내라면 내가 죽고 난 후에도 아이들을 훌륭하게 키워 나처럼 방사선 연구에 매달리는 학자로 만들어 줄 것이라 믿었다. 그 믿음은 뒷날 걱정보다는 마무리 연구 작업에 몰두할 수 있게했다. 아내는 더욱더 깊은 애정으로 나를 돌봐주었고, 나의 병세는 점점 더 나빠졌다. 심한 병세는 공습경보가 울려 무거운 철모라도 쓰면 다리가 휘청거릴 지경이었다. 한번은 아내에게 업혀서 대학으로 출근한 적도 있었다.

1945년 8월 8일 아침, 아내는 언제나처럼 변함없이 환한 웃음으로 내 출근길을 배웅해 주었다. 조금가다 보니 도시락을 집에 두고 온 사실을 깨닫고 집으로 되돌아갔다. 집에 도착한 나는 뜻밖에도 현관에서 엎드려 울고 있는 아내를 발견했다. 그것이 아내를 본 마지막 이별이었다.

그날 밤, 나는 방공 당번이라 연구실에서 잤다. 다음날 9일, 원자폭탄은 우리 머리 위에서 작렬하게 폭발했다. 나는 부상을 당했다. 언뜻 아내의 얼굴이 떠올랐다.

우리는 환자를 구호하느라 정신이 없었다. 5시간이 흐른 뒤 나는 출혈로 인해 밭에 쓰러졌다. 그 순간 아내의 죽음을 직감했다. 왜냐하면 5시간이 지나도록 끝내 아내가 내 앞에 나타나지 않았기 때문이다. 집에서 대학까지는 1킬로미터, 엉금엉금 기어와도 5시간이면 충분했다. 아내가 설령 깊은 상처를 입었더라도 살아 있는 한 나를 염려해서 반드시 찾아올 사람이었다.

3일째, 죽거나 부상당한 학생들의 처리도 대충 마무리되어 저녁 무렵 집으로 돌아갔다. 집들은 온통 잿더미였지만 나는 이내 우리 집을 찾아낼 수 있었다. 부엌에 있던 자리의 새까만 덩어리를…… 그것은 다 타고 남은 골반과 허리뼈였다. 그 곁에는 십자가가 달린 로사리오(가톨릭에서 로사리오의 기도를 드릴 때 쓰는 성물로, 큰 구슬 6개, 작은 구슬 53개를 꿰고 끝에 작은 십자가를 단 묵주를 말한다_역자)가 떨어져 있었다.

나는 아직 온기가 남아 있는 아내를 시꺼멓게 그을린 물통에 주워 담았다. 그리고 가슴에 품어 안고 묘지로 향했다. 이웃사람들은 전부 죽었는지 석양이 비치는 잿더미 위에 여기저기 검은 뼈가 흩어져 있었다. 머지않아 내 뼈를 아내가 안고 갈 참이었건만, 인간의 운명은 참으로 알 수가 없다.

내 품 안에서 아내가 바삭바삭하는 인산석회(燐酸石灰) 소리를 내고 있었다. 내 귀에는 그 소리가 "죄송해요, 죄송해요" 하고 아내가 말하는 것처럼 들렸다.

남의 물건

서리가 내릴 무렵, 잡초도 점차 시들고 이웃집 마당의 고추가 눈길을 끌었다. '저 고추를 된장국에 썰어 넣으면 맛도 한결 좋고 몸도 따뜻해지겠구나' 하고 생각하니 문득 갖고 싶어졌다.

뒷간에 서서 판자문을 열자 겨울 햇살에 비치는 붉은빛에 이끌려 눈을 돌릴 수가 없다. 저 고추를 우리 집 뜰에 옮겨 심으면 황량한 정경이 얼마나 아름다워질까.

저녁때 정어리가 배급되었는데 무를 갈아 저 빨간 고추를 썰어서 곁들여 먹으면 참 좋겠다는 생각이 또 들었다. 그런 마음이 자꾸만 들자 어떻게 해서든지 한주먹이라도 얻고 싶어 안달이 났다.

하지만 내게도 체면이 있어 이웃집 처녀에게 머리를 숙이면서까지 "고추 한 움큼만 얻읍시다."라고 부탁할 수 없는 노릇이었다. '머리를 숙이지 않고도 내 것으로 만드는 방법은 없을까' 하고 이런저런 궁리를 해보았지만 한가롭게 집에 있는 소인(小人)이고 보니 신통한 생각이 퍼뜩 떠오르지 않는다.

그럭저럭 저녁 기도시간이 되었다.

오늘 저지른 죄를 천주의 십계(十戒)와 칠죄종(七罪宗)에 비추어 하나하나 음미해 가는 중에 '열 번째, 언제이건 남의 소유물을 함부로 탐내지 말라' 는 대목에서 빨간 고추에 부딪쳤다. 그것은 저질러서는 안 될 죄가 아닐까? 불현듯 고추가 먹고 싶어지는 것이야 인지상정이니까 도리 없는 일이라고 치더라도, 욕구를 깨끗이 단념하지 못한 채 무슨 수를 써서라도 손에 넣고 싶은 나머지 터무니없는 책략을 짜내느라 요모조모 머리를 굴린 것은 분명 잘못이었다.

남의 소유물을 함부로 차지하느라 생겨난 분쟁은 예로부터 잦았다. 일본군이 말레이시아의 고무, 수마트라의 유전, 산시(山西)의 석탄, 인도의 면(綿) 등을 제멋대로 탐낸 결과가 바로 오늘의 이 비참함이다.

나 역시 너무나 빨간 고추가 갖고 싶어서 오늘밤 살짝 홈

치러 간다면, 아마도 눈물을 흘리는 정도로 넘어갈 수는 없
는 일이리라.

어쨌거나 모든 욕구를 버렸다고 여긴 내 마음 한구석에
이 같은 비루함이 아직도 사라지지 않고 남아있어, 고개를
내밀려고 한다는 사실을 깨닫게 되자 울적해졌다.

감성돔

　이웃집 며느리가 친정 나들이 선물로 소금에 절인 생선을 주었다. 잘 자란 감성돔을 솜씨 있게 소금에 절인 것이다. 점심때 얼른 먹자며 군침을 삼키고 부엌 기둥에 걸어 두었다.

　밥 위에 얹고 차를 따끈하게 끓여서 야금야금 맛을 본다면……. 아아, 얼마나 오랜만에 먹어보는 맛있는 음식인가? 배급마저 신통찮은 이재민 생활이라 대용식으로 먹고 있는 이즈음, 어서 점심식사 때가 되기를 아이들과 함께 기다렸다.

　그런데 11시가 지나자 하필이면 그때 손님이 찾아왔다. 이케다(池田) 씨 부부가 사세보(佐世保)에서 일부러 문병을 온 것이다. 기차여행이 여간 어렵지 않았을 텐데 용케도 여기까지 왔다. 승객이 어찌나 많은지 간신히 표를 구해 우라가미까지 서서 왔다고 한다. 우리는 꼬리에 꼬리를 물고 이야기를 하다 보니 점심식사 할 때가 되었다.

부엌에서 할머니가 점심 준비를 하고 있었다. 자, 아침에 선물 받은 생선 감성돔 한 마리를 멀리서 찾아온 손님들 식탁에 올릴 것인가, 아니면 그냥 두었다가 저녁에 아이들과 함께 먹을 것인가?

나의 속마음도 모르는 이케다 씨는 끊임없이 설탕 대용으로 쓰는 물건에 대한 이야기를 되풀이했다. 나는 그 말에 건성으로 대꾸하면서 한 마리밖에 없는 감성돔을 내놓을까 말까 망설이고 있었다. 그 감성돔은 지금 우리 집에 있는 음식 중에서는 가장 맛있는 것이다. 아니, 요즘 이 폐허 위에서 사는 어느 집에서도 감성돔을 구경한 사람은 없으리라. 평상시 같으면 멀리서 온 귀한 손님에게 생선을 내놓아야 하지만, 그럴 수가 없다. 만약 생선을 내놓을 경우 나도 먹을 수 없고, 오랜만에 어린아이들이 맛있는 생선을 먹으며 좋아하는 모습도 볼 수 없게 된다.

부엌 미닫이가 약간 열려 있는 쪽을 곁눈질해서 보니, 할머니가 문제의 감성돔을 오른손에 들고 나에게 눈짓으로 묻는다. '어떻게 할까' 나는 슬며시 고개를 저었다.

이윽고 할머니가 야채 투성이의 초라한 밥상을 내오면서 말했다. "찬이 변변찮습니다만……." "이재민 생활이라 모든 것이 부족할 따름입니다." 나 역시 거짓말을 했다. 하지만 이케다 씨 부부는 진심으로 기뻐하며 식사를 한 뒤에 말했다. "이런 폐허에서 청빈한 생활을 보내고 계시는 모습에 감동했답니다."

그날 저녁 식탁에 감성돔이 나오긴 했으나, 감성돔은 으르렁거리며 나에게 욕설을 퍼부었다. 그 눈동자가 나를 째려보고 있어 젓가락이 떨려 먹을 수가 없었다.

보은

"선생님으로부터 많은 도움을 받았었습니다. 부디 이번에 보은 할 수 있도록 해 주십시오."

이웃사람들과 몇 리 떨어진 마을사람들이 몰려와서 지금의 집을 지어주었다.

"좋은 일은 하고 볼 일이야. 남을 위해 애쓴 사람에게는 반드시 보답이 있으니까. 저 선생님을 한번 봐요. 자신은 몸을 움직이는 것조차 힘겨운 병자이고, 가족이라고는 어린 두 아이와 먼 친척 할머니밖에 없지. 그럼에도 불구하고 폐허로 변한 집터에 어느새 반듯한 집을 짓고 살잖아. 그것은 선생님이 건강하셨을 때, 이 근처는 많은 환자들로 말할 나위도 없었지. 선생님은 근처 환자들뿐만 아니라 의사가 없는 먼 동네까지 가서 무료 진료를 했었지. 건강하셨을 때

가난한 환자들을 많이 도왔기 때문에 도움 받았던 사람들이 힘을 합쳐서 그 보답으로 집을 세웠다는군. 베푸는 사람에게는 백배의 보답이 있다는 말이 정말이지 '딱' 맞은 셈이야." 사람들은 나를 두고 이런 이야기를 나누었다.

나는 10여 년 동안 '성 빈첸시오 아 바오로회' 회원으로 자선 치료 봉사를 하였다. 일요일마다 나가사키(長崎) 항구 건너에 있는 섬들과 해안의 어촌, 산 속에 있는 잠복(潛伏) 가톨릭교도 집단 거주지를 돌아다니면서 가난한 병자들을 치료했던 것이다.

요즘처럼 병상에 누운 채 생활이 여의치 못한 나를 물질적, 정신적으로 도와주고 위로해주는 이들은 분명히 예전에 내가 도움을 주었던 바로 그 사람들이다. 수많은 전쟁 이재민들이 집을 잃고 고통을 당해 식량 부족으로 울고 있을 때, 이처럼 비가 새지 않는 집에서 잠을 자고 생명을 이어갈 만한 식료품을 머리맡에 둘 수 있는 것은 오로지 그분들의 도움임에 틀림없다.

세상 사람들은 그것을 당연한 일로 여긴다. 뿐만 아니라 선행을 해야 한다고 어린아이들을 가르치는 산 표본으로마저 여기고 있다. 하지만 나 자신은 부끄럽고 슬플 따름이다.

"오른손이 한 일을 왼손이 모르게 하라."

예수는 갈릴리 산 위에서 군중들에게 이렇게 가르치셨다. 나는 무료 진료의 보은을 이미 이 세상에서 얻어 폐허 위에 집을 세웠으니, 천국에서 하늘에 계신 아버지로부터 보답 받을 희망은 없어져 버렸다. 보은으로 얻은 이 집, 이 잠옷도 앞으로 얼마간의 밤낮이 바뀔 때까지는 나의 보물임은 틀림없다. 나는 천국에 가면 완전히 빈털터리가 되지만, 지금으로서는 선행 할 체력마저 없다.

나는 보란 듯이 나팔을 불었던 셈이다. 오른손이 한 일을 왼손이 모르게 하기는커녕 군중들에게 으스대듯이 펼쳐버리고 말았다. 교회의 사업으로서, 하느님의 영광을 위해서라고 말하면서 사실은 내 사업으로서, 나의 명예를 위해서 행했던 것이다. 교회의 이름을 이용하여 하느님을 미끼로 삼아 내 이름을 팔았던 것이다.

그뿐만이 아니다. 장래 백배의 보은을 노려서 베풀었던 것이다. 가난한 사람들을 찾아가 이런저런 친절을 다했을지 모르지만, 그럴 때의 내 언동에 장래의 보은을 기대하는 무언가가 있지나 않았을까?

"글쎄, 어려울 때는 모두 마찬가지랍니다. '인간만사 새옹지마' 라고 하잖아요. 당신이라고 해서 언젠가는 성공하지 말라는 법 있나요. 나 역시 몰락하고 말지도 모르는 일이지요. 그러니 도움을 받거나 도움을 주거나 하면서 사는 것이 이 덧없는 세상의 인정이랍니다."

이런 말투로 이야기했을 것이 틀림없다. 치사한 근성이다.

결혼

"새색시다, 새 신부가 왔다." 가야노가 밖으로 뛰어나오며 외쳤다.

언제나 열려있는 문 밖으로 황량한 들판이 하나의 배경이 되어 무대를 만들었다. 나는 드러누운 채 베개 위의 얼굴을 그쪽으로 돌려 나타날 새색시를 기다렸다.

요즘 이 들녘의 가설 주거지에서는 결혼식이 자주 있다. 전쟁으로 미망인이 많이 늘었는데, 바로 그 미망인들이나 전쟁터에서 돌아온 청년들이 저마다 가정을 꾸몄다. 결혼이란 그 무엇보다 화사하고 기쁜 축복이다. 어린 가야노조차 저토록 신바람이 나서 뛰쳐나갈 정도니 말이다.

빈털터리나 마찬가지인 가설 주택 생활이건만 새 신랑인 우라다(浦田) 군의 집에서는 미닫이 종이를 다시 바르고 다다미를 새것으로 갈았다. 도미와 어묵도 듬뿍 구해 놓고, 바깥뜰에서는 큰 솥을 걸고 토란 등을 삶으며 새 신부가 도착하기를 기다린다.

미닫이 사이로 내다보이는 무대에는 가문의 문양이 새겨진 하카마(정장을 할 때 입는 전통 일본 옷_역자)가 불쑥 나타나더니 '휙' 하고 스쳐 지나갔다. 그는 마부(馬夫)였다. 오늘은 머리에 수건을 동여매지 않아서 얼른 알아보지 못했다. 중매인인 듯한 사람은 점잔을 빼면서 지나가고, 목재소 주인 역시 문양이 찍힌 하카마 차림에다, 반듯하게 머리를 두 갈래로 빗은 모습이었다.

잠시 후, 넥타이를 맨 청년 두셋이 아래쪽으로 퇴장했다. 그 뒤를 이어 몇 걸음 사이를 두고 신부가 위쪽에서 등장했다. 꽃다발이 황량한 들판을 헤엄쳐 가는 듯했다. '신부가 등장했구나' 하고 생각할 겨를도 없이 훌쩍 퇴장해 버렸지만, 무대에는 화사한 공기가 남아있었다. 그런 가운데 가야노를 비롯한 또래 개구쟁이들이 왁자지껄하게 떠들며 뒤따라갔다.

이웃사람들이 모두 결혼을 축하하며 기뻐하는 이유는 저 신부에게서 새롭고 아름다운 생명이 태어나기 때문이다.

특히 신랑은 신부와 맺어짐으로 해서 영원토록 이어갈 생명에 자신을 옮길 수 있다고 생각하기에 누구보다도 더 기뻐한다.

나와 동년배의 남편이나 아내를 잃은 이들은 하나 둘씩 상대를 찾아서 결혼했다. 그 중에서도 빨리 결혼한 사람은 벌써 갓난애를 안고 병문안을 온다. 그들의 모습은 너무나도 행복해 보였다. 그러나 나는……

나는 병상에 누운 채 오랜 투병생활을 하는 신세다. 이런 빈털터리 환자에게 시집 올 여자가 있을 리 없다. 하루하루 다르게 말라가는 몸을 보면서 그저 기다리기만 할 뿐…….

사실, 나도 여자를 기다린다. 신부가 오기를. 신부, 언젠가는 나에게 찾아올 신부, 그것은 바로 죽음이다. 나에게 와 줄 신부는 죽음 외에는 없고, 나와 맺어질 아내는 죽음뿐이다. 성 프란시스코는 죽음을 형제라 불렀다고 하지만 나는 죽음을 아내라고 부르고 싶다.

그렇다면 죽음과 결혼할 경우 새로운 생명이 탄생할까? 탄생한다. 새로운, 행복에 넘치는 영원한 생명이 태어난다. 그것은 바로 부활이다. 죽지 않으면 부활할 수 없고, 죽음이 있기에 비로소 부활의 영광도 있다.

그리스도는 십자가에서 죽은 뒤, 땅에 묻혀 사흘 만에 묘소에서 부활했다. 그리고 40일이 지나 승천하여, 부활과 승천의 실례(實例)를 직접 사람들의 눈앞에서 드러냈다. 인류 역사가 그와 같이 '육신의 부활, 끝없는 생명'이 주어지도록 약속받았음을…….

나의 영혼은 속죄를 이루지 못하고 죽음과 결혼하는 순간 육체를 벗어나 연옥(煉獄)으로 신혼여행을 떠날 것이다. 거기에는 격렬한 고통과 희망이 있으며, 그 고통에 의해 나는 속죄를 이룰 것이다. 그것이 얼마나 고통스러운지, 얼마나 긴 기간인지는 살아있는 지금은 짐작조차 할 수 없지만, 나의 아내인 죽음은 고통의 기간 내내 나와 함께 있어 주리라.

그것이 곧 진통(陣痛)의 고통이다. 진통이 극에 달할 때, 모든 죄는 사해지고 순결하고 깨끗한 내가 태어난다. 태어나는 곳은 이 세상이 아닌 천국이다. 영원한 행복이 약속된 천국.

"우리는 죄의 사함, 육신의 소생, 한없는 생명을 믿는다"고 공언하면서 파스칼, 멘델뿐만 아니라 내 아내도 죽었다. 모두가 영원한 새 생명을 기대하면서 즐거운 마음으로 죽음을 맞았다.

조금 전, 내 앞을 스쳐 지나간 신부는 아마도 지금쯤이면 신랑의 집 앞에 서 있겠지. 신랑은 미소를 감춘 엄숙한 표정으로, 국화로 장식된 방에서 신부를 기다리고 있을 것이다. 나도 이 황량한 방을 깨끗이 하고 검은 옷을 입은 신부를 기다리고 있다. 하지만 나의 결혼식 날은 언제쯤이나 될까? 꽃은 어느 계절의 것으로 하지? 가을이라면 흰 국화, 겨울이라면 수선화, 봄이라면…….

과자

다히라(多比良) 마을 부인회 초청으로 강연을 하러 갔다. 한 달 전 나가사키 시에서 열렸던 나가사키 현(縣) 주최 강연회에서 만난 적이 있는 부인회 간부 아주머니가 역으로 마중 나왔다. "지난번에 강의하신 말씀을 우리 마을 여성들에게도 꼭 들려주셨으면 해서 이렇게 모셨습니다." 하며 인사를 했다.

강연장은 마을에서 좀 떨어진 절이었다. 나는 응접실로 안내받아 정식으로 인사를 마치자, 그녀는 "개회 준비가 다 되면 모시러 올 테니까 그때까지 편하게 쉬십시오"라고 말한 뒤 나갔다.

하얀 미닫이문을 살짝 열어 보니 푸른 바다가 한눈에 펼쳐졌다. 푸른빛의 바다가 너무나 아름다워 주변이 온통 푸르게 변했다. 그 푸른빛 가운데 아름다운 게(蟹) 수천, 수만 마리가 떼 지어 유유히 떠다녔다. 나는 그 광경에 매료되어 잠시 상념에 잠겼다. '아, 역시. 가을 하늘이 푸르니까 고추 잠자리가 태어나고, 이 푸른빛의 바다에서 이토록 아름다운 게가 떠다니는구나'

바로 그때 "여기, 차를 가져왔습니다"라는 소리에 뒤돌아보았다. 눈앞에는 손으로 만든 무명옷의 잔무늬가 잘 어울리는 처녀가 맑은 미소를 띤 채 다소곳이 서 있었다. 나는 처녀의 모습을 보는 순간 나도 모르게 "아니, 공주님이……"라는 말이 튀어나왔다.

그러자 처녀의 얼굴이 금방 빨갛게 물들었다. 그 빨개진 목과 감색 바탕의 잔무늬 무명옷 사이의 하얗고 가느다란 옷깃이 내게는 너무나도 신선하고 아름답게 비쳤다. 처녀는 한동안 머뭇머뭇 하더니 말없이 인사를 하고는 돌아갔다.

나는 비몽사몽(非夢似夢)간에 멍하니 앉아 처녀가 가져다 준 차를 마시며 과자 하나를 손에 들었다. '저 처녀는 틀림없이 파란 바다에서 올라와 이 차와 과자를 전해 준 것이리라'고 생각했다.

또한 지금 이 시절에 이렇게 큰 과자가 있는 곳이라면 꿈속의 세계가 아닐까. 과자를 입에 넣고 맛을 보니 정말 맛있었다.

하나, 둘, 세 번째 과자에 손이 갔을 때, 나가사키의 집에서 오늘밤 내가 돌아오기를 기다리고 있을 어린아이들이 떠올랐다. 아이들은 진짜 설탕과 달걀, 미제(美製) 밀가루로 만든 이런 과자를 태어나서 한 번도 본적이 없다. 나는 아이들 생각이 나서 기차 안에서 먹은 주먹밥을 쌌던 대나무 껍질에다 과자를 옮겨 담아 보자기로 쌌다. 접시에는 딱 두 개의 과자만 남겨두고…….

강연이 끝나고 돌아가려고 하자 부녀회 간부 아주머니 세 명이 역까지 배웅하겠다면서 굳이 절 문을 따라나섰다. 세 아주머니는 오늘 강연 효과에 대한 이야기를 주거니 받거니 하면서 밭 사이 길을 걸었다. 나는 세 아주머니가 나에게 무언가 특별히 할 이야기가 있다는 사실을 눈치 챘다. 세 아주머니는 서로 은근슬쩍 밀고 당기거나 눈짓을 하고 있었다. 이제 막, 밭을 다 지나서 마을로 접어들려는 길목이었다. 이윽고 오른쪽의 부녀회 회장이 말문을 열었다.

"과자가 선생님 입맛에 맞으신 듯해서 정말 기분이 좋아요."

나는 순간적으로 움찔했다. 손에 든 보자기가 갑자기 무겁게 느껴졌다. 그 자리에서 바로 실토했다면 좋았을 것을, 인간일 수밖에 없는 나의 대답은,

"예, 그토록 맛있는 과자는 몇 년 만이라서 그만 배가 부르도록 먹고 말았네요. 아하하하. 접시를 깨끗이 비운 손님은 처음 보셨겠군요?"

"선생님이 맛있게 드셔서 접대를 맡았던 사람도 기뻐하고 있답니다. 이 부근은 설탕 산지이기 때문에 마음만 먹으면 얼마든지 과자를 만들 수 있지요. 어린아이들뿐만 아니라 어른들도 과자를 좋아한답니다. 그런데 저어……."

"예에?"

"선생님 댁에서는 자녀분들 간식을 어떻게 하세요?"

"뭐, 고구마 따위를 주지요."

그러자 세 명의 아주머니들은 갑자기 걸음을 멈추더니, 앞서 걸어가는 내 뒤를 서둘러 쫓아왔다. 왼쪽의 부회장이 외쳤다.

"어머, 선생님! 자녀분이 있나봐요?"

"예, 둘입니다."

세 사람은 서로 내 눈치를 살피고 있었다. 나는 영문도 모른 채 무거워진 보자기에만 자꾸 신경이 쓰였고, 그들이 다시 무슨 말을 끄집어낼지 조마조마했다.

그런 이상야릇한 분위기를 벗어나려는 듯이 용기를 내서 말을 한 사람은 회계담당 아주머니였다.

"회장님, 그럼 선생님께 자녀분을 위한 선물로 과자를 좀 드립시다."

"그래요, 그래. 그렇게 해요."

회계 아주머니는 하지 못한 말을 속 시원하게 말했다는 듯이 마을 쪽으로 달려갔다. 그러자 느닷없이 회장과 부회장 아주머니가 한바탕 웃음을 터트렸다. 우리는 웃느라 걸음을 옮기지 못하고 그 자리에 멈춰 섰다.

나는 보자기를 든 채 멍청하게 서 있을 수밖에 없었다. 철썩철썩 하는 바닷물 소리가 밭 너머에서 들려오고 있었다. 그것은 마치 청진기로 듣는 심장소리와 같았다. 바다 생물의 심장이란 심장은 몽땅 함께 움직이고 있었다. 수만, 수억의 심장이 동시에 움직여 그 소리가 뭉쳐져서 '철썩철썩' 하는 소리가 났다. 내게 찻잔을 들고 왔던 바다 처녀의 심장도 똑같은 주기로 뛰는듯 했다.

"선생님, 호호호…… 공주님이 마음에 드셨어요?"

"아까 그 처녀?"

"예."

"훌륭한 아가씨더군요. 바다에서 걸어 나온 환상처럼 여겼습니다만…… 이 마을에 삽니까?"

"예, 이 마을 뼈대 있는 가문의 따님이죠. 사실은 말이죠, 선생님. 호호호……"

"예에?"

두 아주머니는 또다시 웃음을 터트리며 눈가의 눈물을 닦았다.

"사실은, 아까 선을 보여 드린 거랍니다."

"선? 나하고 말입니까?"

"예, 선생님이 너무 젊어 보이시기에 아직 독신일거라 생각했거든요."

"저런, 저런!"

이번에는 내가 웃음을 터트렸다. 우리 세 사람은 그 자리에 서서 한바탕 웃었다.

"이렇게 흰머리가 나 있잖습니까?"

"그렇지만 나가사키의 강연회에서 강단에 서 계실 때에

는 흰머리가 보일 리 있나요, 뭐?'

"밤에 보거나 먼발치에서 보면 죄다 미남미녀인 게로군요."

"먼발치에서 한눈에 반했다구요."

한참을 걸어서 마을로 들어서자 과자 가게 앞에서 발걸음을 멈추었다. 집 안에서 회계 아주머니가 과자를 종이로 싸고 있었다. 회장이 안을 향해 큰소리로 말했다.

"지금, 몽땅 자백했어요."

"그것 참 잘하셨어요."

"아무래도 내가 너무 경솔했어요."

"그렇지만 여간 아쉽지 않군요."

"선생님을 우리 마을로 끌어오려는 대 음모가 엉망진창이 되어 버렸으니 말이에요."

다들 또 한번 소리 높여 즐겁게 웃었다. 나 역시 털어놓아야 할 보자기를 들고 있었다. 막, 그 말을 하려는데 회계 아주머니가 종이봉지를 끈으로 묶어 바깥으로 들고 나왔다.

"어머, 보자기를 들고 계시는군요. 마침 잘 됐어요. 잠깐 이리 줘 보세요. 이 과자를 함께 싸 드릴 테니까요."

과자는 이미 이 보자기 안에 들어있고, 내가 털어놓을 기회는 영원히 사라졌다. 이렇게 된 이상 거짓말에 또 거짓말을 보태어 꼬리가 밟히지 않도록 하는 수밖에 없다.

"아뇨, 이 보자기는 작아서 아무래도 그리 큰 선물은 넣을 수 없겠는걸요."

"하지만 이런 종이봉지를 들고 다닌대서야 선생님 체면이 말이 아니지요. 자, 제가 싸 드릴 테니까 잠깐 그 보자기를 이리 주세요. 자아, 어서요."

"아니, 아니. 요즘은 선생 체면이고 뭐고 없답니다. 상관없습니다. 그냥 그대로 받지요."

"사양하지 마세요. 금방이면 됩니다. 잘 싸 드리죠. 선생님, 어서요."

"정말 괜찮습니다. 제발 그냥 그대로 주십시오."

나는 땀투성이가 되었다. 그야말로 선생 체면이 걸린 대사건이었다. 보자기를 오른손으로 쥐면 오른쪽의 회장이 손을 내밀고, 왼손으로 바꿔 쥐면 왼쪽의 부회장이 빼앗으려 했다. 그리고 앞쪽에는 회계 아주머니가 고양이처럼 노리고 있었다.

선생 체면이 있지, 그렇다고 보자기를 등 뒤로 감출 수는 없는 노릇 아닌가. 두 손으로 불끈 쥔 보자기. 이제 세상의

죄란 죄는 모조리 그 속에 담긴 듯이 무거워졌다.

시간이 지난 지금 누군가 병문안을 오면서 가져온 과자를 보면 그처럼 건강했던 옛날을 떠올린다.

지금이야 병상에 누워 꼼짝도 못하니깐 그런 나쁜 짓조차 할 수도 없다. 물론 선한 일은 더더욱 못하고…….

생선

　무라타(村田) 군이 병문안을 오면서 커다란 생선 한 마리를 가져왔다. 넙치처럼 생겼는데 눈이 양쪽으로 떨어져 붙어 있다. 배급에서는 눈요기조차 할 수 없는 멋진 녀석, '병어' 라고 불리는 일등품이다.

　즉시 회를 뜨고 탕을 끓여 실컷 배불리 먹었다. 실로 오랜만에 맛보는 진미였다. 내 온몸에서도 힘이 솟구쳤다. 무라타 군의 우애가 절절히 느껴졌다.

　그런데 다 먹고 나서 보니 내 접시에만 커다란 뼈가 수북하게 남아있다. 아이들의 접시에 남은 뼈는 적었다. 나 혼자서 너무 많이 먹었던 것이다. 그걸 보고 움찔했다. 움찔하니까 안절부절 못하게 되었다.

　물론 이 생선은 병자인 나를 위해 가져온 것이니까 내가 많이 먹는 것이 당연할지도 모른다. 무라타 군이 내 원기를 돋워주느라 고심하며 간신히 구한 생선이니까 다른 건강한 사람이 먹는다면, 무라타 군이 모처럼 고생한 보람이 없어진다고도 생각할 수 있다. 그러나…… 과연 옳은 일인가? 아이들은 뼈다귀를 뒤집으며 아직도 살점을 찾고 있다.

한걸음 더 나아가 나는 정어리 한 마리조차 배급받지 못하는 시민들의 식탁을 떠올렸다. 사람들은 지금 굶주리고 있다. 사회를 위해, 나라를 위해 일하는 사람들이 굶주리고 있다. 발육 왕성한 아이들이 굶주리고 있다. 그럼에도 몸마저 변변히 움직이지 못하는 내가 배불리 먹어서 될 법한 일인가? 사회를 위해, 나라를 위해 아무짝에 쓸모없는 내가, 이렇게 맛있는 음식을 먹어서 옳은 일인가? 하물며 정식 배급 루트를 통해서 받은 것이 아닌 일등품의 큰 생선을…….

그 생선은 분명 뒤꽁무니로 빼돌린 암시장 물건일 것이다. 하기야 내가 직접 나서서 암거래를 한 것은 아니다. 나는 그저 받기만 했을 뿐, 그 생선이 어디를 통해 나왔는지 아는 바가 없다. 그렇지만 맛난 음식을 걸신들린 듯이 먹고, 번들번들한 입술을 훔친 다음, "나는 암거래를 한 기억이 없소"라고 잡아뗄 수야 없는 노릇이다.

네잎 클로버

올해는 의과대학 운동장에 네잎 클로버가 많다. 간호사들이 한주먹 가득 네잎 클로버를 움켜쥐고 말했다.

"우리에게 이제 정말 행운이 찾아올까?"

원폭에 직격당해 불타버리는 바람에 내 연구실의 하마(浜), 오야기(大柳), 이노우에(井上), 야마시타(山下), 요시다(吉田)가 쓰러져 있던 운동장. 앞으로 75년 동안은 잡초조차 돋아나지 못할 것이라는 소문이 돌았다. 그 자리에 2년만인 오늘, 클로버가 무성하게 자라났다. 더구나 좀처럼 눈에 띄지 않아 그걸 발견한 사람에게는 행운이 찾아온다는 네잎 클로버가 많았다.

그것은 원폭 잔존 방사능의 영향으로 생겨난 식물 돌연변이 가운데 하나였다. 그런 사실이야 알지만 그래도 왠지 가슴속에서 온천이 샘솟는 듯한 기분이 들었다. 그리고 원폭의 들판에서는 네잎 클로버와는 상관없이 행운이 생겨나기 시작했다.

원폭을 맞은 것이 우리에게는 다행이었다. 오로지 신앙에 전념하는 우라가미 주민들의 모습을 보라. 성당에 모셔진 성체 아래에서 이웃끼리 서로 도우며 즐거이 고난의 길을 걸어 나가는 모습은, 외관상으로야 빈한(貧寒)하지만 행복이 넘치고 있다.

"마음이 가난한 사람은 행복하다. 하늘나라가 너희 것이다."

"슬퍼하는 사람은 행복하다. 그들은 위로를 받을 것이다."

이 같은 그리스도의 복음을 우리들 우라가미 주민은 믿고 있기 때문이다.

참된 행복은 영혼의 행복이다. 물질의 행복은 영혼의 평안이 있은 연후에 비로소 얻어진다. 지난 2년 동안 우라가미 주민은 눈물의 계곡에서 드디어 영혼의 평안을 얻었다. 그렇게 두려웠던 잔존 방사능도 한 번씩 비가 내릴 때마다 씻겨 내려가, 이제는 거의 확인되지 않는다.

논밭의 작물 또한 도리어 잘 자랐다. 태어날 아기들에게 장애가 생기지나 않을까 걱정했으나, 튼튼한 아기들이 잇달아 고고지성(呱呱之聲)을 울렸다. 신부의 임신율도 떨어지지 않아 축복받은 여성들이 종종 내 집 앞을 지나갔다. 더이상 아무런 염려가 없다.

임시로 지은 성당이 세워졌다. 그러나 새롭게 세례를 받아 신자가 되는 사람이 많아서 새 성당 역시 이미 협소해졌다. 일요일 미사에는 다 들어오지 못해 신자들이 옛 성당보다 훨씬 큰 새 성당을 세울 계획에 매달렸다.

의과대학 1, 2학년은 이번 가을부터 불에 탄 교사(校舍)로 되돌아온다. 학장님은 "대학을 부흥시키라"는 말을 남기고 돌아가셨다. 의전(醫專) 교장선생님의 뼈는 그냥 그대로 이 언덕에 있다. 그 친구, 그 제자……, 수백의 뼈가 파릇한 풀 속에서 가만히 기다리고 있다. 외치면서 기도하고 있다. "친구여, 빨리 우라가미로 돌아가라!'고.

지난 2년 동안 나는 홀로 우라가미의 폐허에서 생활하며 아침저녁으로 친구의 명복을 빌어 왔다. 이제부터는 많은 학생과 교수가 죽은 친구의 뼈를 수습한 곳에서 새로운 강의를 시작하는 것이다. 죽은 친구의 영혼도 강의 자리에 나란히 앉아 회심의 미소를 지으리라.

꿈 1

500미터 경주였다. 나는 스타트 라인 가장 바깥쪽에 세워
졌다. 제1 코너에서 선두로 달리겠다는 작전을 단념해야 했
다. 하지만 적어도 선두그룹에는 끼어야 한다며 한껏 용을
썼다.

제2 코너에서는 선두 4명 속에 들어 서로 팔꿈치로 밀고
당기는 통에 화까지 내면서도 역주(力走)했다. 직선 코스로
나섰다. 눈 아래의 코스 라인이 강물처럼 흘러 지나쳐 가는
것을 아름답게 여기며 달렸다. 드디어 한 명을 제치고 3위
진출.

제3 코너에서 2위를 따라잡으려 했으나 상대도 빨랐다.
몸이 뒤틀릴 지경으로 코스를 돌면서 결국에는 상대를 눌
렀다. 남은 것은 선두의 한 명뿐. 나는 크게 양팔을 흔들며

힘껏 달렸다. 드디어 1위와 나란히 섰다. 앞으로 나섰다. 한숨을 돌리려니까 다시 추월당했다. 또다시 제치고 나섰다.

제4 코너에서는 반드시 선두를 차지하리라 마음먹고 젖먹던 힘까지 냈다. 심장이 답답해졌고, 호흡도 곤란해졌다. 그래도 질 수는 없었다. 안간힘을 쓰며 팔다리를 힘껏 저어가며 달렸다.

절대로 뒤처져서는 안 된다. 그냥 이대로 골인했으면 하는 생각만이 머리에서 가득했다. 바람에 몸을 실린 듯 달리는 속도가 엄청나게 빨라졌다. 2위를 훨씬 뒤로 따돌렸는지 나와 선두다툼을 벌이는 상대가 없었다. 나 홀로 조용히 달리고 있었다.

분명히 500미터의 골인지점으로 여겨지는 곳까지 왔는데 골인 테이프가 쳐져있지 않았다. 이상하군, 이상하군, 하면서 다시 바람처럼 한 바퀴를 더 돌았으나 골인지점이 없었다. 또 한 바퀴를 더 돌아와도 아무것도 없었다. 괴이한 일이로군, 하면서 달리고 있으려니 구호반 의사의 목소리가 들려왔다.

"안되겠습니다. 심장마비로군요."

알고 보니 500미터 경주는 이미 끝이 나 있었다. 1, 2, 3위

의 깃발을 세우고 다른 녀석들이 상품을 받으려는 참이었
다. 나의 육신은 300미터 지점에서 나뒹굴고 있었다. 주위
에 하얀 옷을 입은 의사와 임원 두세 명이 서 있었다.

꿈 2

교단에 서서 강의를 하고 있자니 붉은 깃발을 앞세운 한 무리의 사람들이 들이닥쳤다.

선두에 선 헐렁헐렁한 옷을 걸친 덩치 큰 사나이가 "2에 3을 더하면 4가 된다고 가르치라"고 명령하면서 권총을 내 옆구리에 들이밀었다. 나는 손가락을 꼽아가며 몇 번이나 세어보았으나 아무래도 5밖에 되지 않았다.

그래서 "2에 3을 더하면 5가 된다"고 학생들을 향해 말했다. 내 옆구리에서 권총소리가 울렸다.

그리하여 나는 천국으로 갔다. 머리가 벗겨진 남자가 바위에 걸터앉아 있었다. 성 바울이었다. 그는 나를 보호하는 성인이다. 그가 물었다.

"순교자의 심리를 알겠느냐?"

꿈 3

나는 하얀 묘지 위를 걷고 있었다. 가도 가도 묘지뿐이었다. 참 이렇게 많이들 죽었군. 그리고 이만큼의 인간이 살아서 도대체 무얼 했을까? 어떤 글자가 새겨져 있을까? 읽어보니 이렇게 적혀 있었다.

"아차, 벌써 죽은 거야!"

그 다음 묘에도 "아차, 벌써 죽은 거야!"라고 새겨져 있었다. 계속 읽어 나갔지만 전부가 "아차, 벌써 죽은 거야!"라고 투덜거리고 있었다. 가도 가도 하얀 묘지뿐이었다.

.
.

물질과 마음

어느 날 저녁 무렵, 불타버린 대학의 뒤편 언덕에서 간호사가 가져다 준 삶은 호박과 멀리서 철모에다 길어온 샘물을 감사하는 마음으로 먹던 나였다.

그날 밤, 방공호에서 모두 함께 자면서 "여기라면 원자폭탄도 걱정할 것이 없다"며 질퍽질퍽한 땅바닥에까지 신뢰와 감사를 올리던 나였다.

부상을 심하게 당해서 발이 굽혀지지 않는 나를 위해 자리를 비워주고, 자신들은 무릎을 끌어안고 잔뜩 구부린 채 자는 그 따뜻한 인정에 눈물을 '뚝뚝' 흘리던 나였다.

장서(藏書)는 몽땅 잿더미가 되었다. 오직 한 권의 성경을 얻어, 이것만 있으면 평생 다른 책은 필요치 않다면서 숙독묵상(熟讀默想)하던 나였다. 그 무렵 내 마음은 진실로 흡족하여 모든 것들에 감사하고 있었다.

그로부터 두 해가 지났다.

쌀밥에 비프스테이크가 먹고 싶구나. 식후에 커피를 맛보고 싶구나. 살갗을 부드럽게 어루만지는 얇은 옷을 입고 싶구나. 다다미 6장짜리 단칸방은 너무 불편하니까 8장짜리와 4장 반짜리를 더 늘일 수는 없을까. 아무래도 지붕이 그대로 드러나는 건 모양새가 좋지 않으니까 천장을 도배해야 할까. 손님용 방석과 예쁜 테이블도 있었으면 좋겠다. 그리고 축음기와 냉장고, 토스터……. 요즘 나는 갖고 싶은 물건이 한없이 많다.

2년 전 원폭이 떨어졌을 당시에 견주자면 오늘의 내 생활은 극락이다. 그럼에도 마음은 마치 아귀지옥의 망자(亡者)나 다름없다.

전재자(戰災者)의 부흥, 그래 그렇지! 물질적으로는 풍족해졌다. 하지만 그와 반비례하듯이 정신적으로는 가난해져 간다. 물질이 모자라도 마음이 풍족했던 내가, 이제는 물질은 풍족하나 마음이 모자라져 간다. 그렇다면 물질이 풍족해지면 저절로 마음이 가난해지는 것일까? 그도 아니면 마음이 가난하기에 물질이 탐나는 것일까?

두 명의 간호사

원자폭탄으로 내 연구실의 간호사도 죽었다. 그 중 야마시타라는 아이의 인상은 그로부터 2년이 지났는데도 지금껏 지워지지 않는다. 반대로 이노우에라는 아이는 얼굴은 떠올라도 때때로 이름이 기억나지 않을 때가 있다. 이노우에는 우수한 간호사였다.

야마시타는 도저히 감당할 수 없을 만큼 제멋대로 구는 아이였다. 이노우에를 야단친 적은 한 번도 없었지만 야마시타에게는 거의 매일같이 고함을 질렀다. 그러나 착한 아이였던 이노우에는 잊혀지고, 버릇없는 야마시타 아이는 항상 마음속에 남아있다.

이노우에는 마쓰라가타(松浦潟)에 있는 섬 처녀였고, 야마시타는 시라누이(不知火)에 있는 섬 처녀였다. 둘 다 사람이 그리운 섬에서 자라났으나, 성격은 전혀 달랐다. 한사람은 차분했고, 다른 한사람은 불같은 정을 품고 있었다.

대학병원에는 간호사 양성소가 있어서 2학년이 되면 실습을 위해 각 과로 배치된다. 배치될 때에는 일단 본인의 지망을 고려하지만, 형편상 지망 이외의 과에 배치되는 수도 있다.

이노우에는 자기가 희망하는 뢴트겐 과를 지망하여 내 연구실로 왔다. 그러나 야마시타는 자신의 희망과는 전혀 다르게 배치되어 왔기 때문에 연구실에 들어온 날부터 이미 태도가 달랐다.

이노우에는 자신이 원했던 학과였으므로 자진해서 연구도 열심히 했고, 연구실 선배들과도 친해지려고 부지런히 쫓아다녔다.

그러나 야마시타는 하기 싫은 과에 온 탓으로, 눈곱만큼도 연구에 진지함이 없었고 매사 끌려 다니는 식이었다. 그러한 연구 결과는 업무 성적에서 나타났다. 이노우에 쪽은 실수가 없었으나, 야마시타 쪽은 실수의 연속이었다.

더군다나 뢴트겐 기술은 6만 볼트에서 30만 볼트까지의 특별 고압 전류를 사용하는데다, 쏟아져 나오는 방사능 또

한 깜빡하여 양이 지나치면 원자병을 일으키는 탓에 그런 실수가 때로는 생명에까지 영향을 미쳤다.

나는 매일 아침 일을 시작하기 전에, 오늘 하루도 부디 아무 탈 없이 지낼 수 있도록 해 달라는 기도를 올렸고, 저녁에 무사히 일이 끝나면 안도하며 감사의 기도를 올리곤 했다.

그처럼 위험한 일을 맡고 있는 셈이었다. 따라서 일을 대충 처리하다가는 환자들이 낭패를 당한다. 연구실의 젊은 친구들이 종종 읊조리는 타령 중에 "구리와 알루미늄을 착각하여 부장 선생님에게 얻어맞았다"는 것이 있다. 뢴트겐선 여과판의 구리와 알루미늄을 잘못 다룸으로써 생겨난 일인데, 치료실 근무자들이 대개 한번쯤은 경험하는 일이다. 구리 여과판을 사용해야 할 대목에서 알루미늄 여과판을 사용하면 자칫하다가는 소위 뢴트겐 피부염을 일으킬 위험이 있다.

그런 일이 생기면 나는 앞으로 두 번 다시 그 같은 실수를 저지르지 않도록 단단히 혼을 내느라, 바로 그 여과판으로 뼈가 부러지도록 두들겨 패주었다. 야마시타는 날마다 실수를 저질러 나에게 얻어맞았다. 뢴트겐 과를 배울 마음이

숙제 없었던 탓에 아무리 가르쳐도 마이동풍(馬耳東風)이었다. 야단을 치면 칠수록 게으름을 피웠다. 제 혼자만 게으름을 피우는 게 아니라 다른 친구들까지 끌고 들어가려는 언동을 되풀이했다.

이제껏 수많은 수련의와 학생, 간호사들을 지도해 왔지만 이 녀석만큼 속을 태운 사람은 없었다. 간호부장 같은 이는 "부장 선생님이 일개 간호사까지 손수 가르치시지 않아도 될 텐데요"라고 충고해 주기도 했다. 하지만 나는 야마시타의 근성을 반드시 바로잡고 말리라는 결심을 버리지 않았다.

급기야 야마시타가 도망을 쳤다. 한동안은 행방을 몰랐으나 그녀의 부모로부터 섬마을 자신의 집에 돌아와 있노라는 연락이 왔다. 야마시타의 아버지가 쓴 편지에는 "딸아이는 휴가를 받아왔다지만 너무 긴 게 아무래도 수상쩍어 여쭤본다"고 적혀 있었다.

결국 야마시타는 아버지의 손에 이끌려 다시 대학으로 돌아왔다. 그녀의 아버지는 나에게 "이 녀석은 막내라서 그런지 형제들 중에서도 유독 혼자만 성격이 다르고, 항상 제멋대로 굴어 골치를 썩인답니다. 제발 이 사고뭉치를 좀 가르쳐 주십시오." 하면서 거듭 당부를 했다.

그로부터 야마시타는 오만함이 사라지고 연구에 열중하며 선배들과의 관계도 좋아졌다. 조금은 인간다운 모습으로 변했다.

버릇없고 방자한 행동은 오만함의 표출이다.

'나의 학력이 뛰어나니까 부장 선생님이나 간호부장이 나를 교육시키느라 유달리 힘을 쏟는다. 그래서 어떻게 해서든 내가 연구실에 도움이 되도록 하려는 것이다. 그렇다면 게으름을 피워 안달이 나도록 해 주어야지. 이왕이면 이곳을 도망쳐 낭패 당하게 해 주리라.'

그녀의 갑작스런 탈주극은 이런 어린아이 같은 심술에서 나온 행동이었다. 그런데 집으로 돌아가 2주가 지나고 3주가 지나도 연구실에서는 아무런 연락조차 없고, 누구 한명 자기를 데리러 오지도 않았다. 그녀의 계산은 보기 좋게 빗나갔고, 이웃사람들은 자신에 관한 이야기를 소곤거리며 화제로 삼기 시작했다.

그후 야마시타는 아버지 손에 이끌려 연구실로 돌아왔지만 누구 한 사람 자신이 없어서 애를 먹었다는 이야기는 없었다. 그녀는 비로소 자신의 가치를 알게 된 것이다.

그런 일이 있고 난 다음, 교육은 누워서 떡먹기였다. 원래 머리가 좋은 아이였던지라 성적이 쑥쑥 올라갔다. 게다가 야마시타의 마음을 연구실에 붙들어 맨 것은 공습이었다. 바로 우리 곁에 폭탄과 기총탄이 퍼부어지는 가운데, 연구실 직원 모두가 몸과 마음이 혼연일체가 되어 목숨을 걸고 뛰어다닌 몇 차례의 구호대 활동 경험은 야마시타와 나 사이의 감정을 완전히 풀어버렸다. 항구 밖에서 수송선이 폭격을 당한 날, 철모를 늠름하게 쓰고 보란 듯이 대학 구호반 완장을 찬 다음 트럭에 뛰어올라 해안을 향하여 출동하던 때의 의젓한 야마시타의 얼굴이 지금도 눈에 어른거린다.

진짜 공습이 행해지는 사이사이에서 군부대 지휘 아래 구호 연습도 벌어졌다. 어느 날, 연습 중에 우리 연구실에 소이탄이 명중하여 한창 불을 끄고 있었는데, 그때 잇달아 폭탄이 떨어졌다. 하필이면 야마시타와 내가 폭탄 바로 옆에 있어서 사망자로 분류되었다.

우리는 시체가 되어 들것에 실린 채 학생들에게 들려서 운동장 꽃밭을 지나 뒷문 쪽에 있는 시체실로 옮겨졌다. 들것은 속이 울렁울렁하도록 흔들거렸다. 나는 눈을 뜨고 파란 하늘을 올려다보면서 정말로 죽은 듯한 마음의 편안함을 느꼈다. 우리 두 사람을 시체실로 옮겨놓은 들것 부대는 상황 표시반원들이 붉은 깃발과 발연통을 들고 우왕좌왕하는 병동 쪽으로 돌아갔다.

야마시타와 나는 연습 통제부 사람들이 시찰 하러 올지도 모른다는 생각에 시체실 안의 들것 위에 드러누워 있었다. 아마도 둘이 이야기 나누는 모습을 들켰다가는 "아니, 뭐야! 시체가 말을 하다니?" 하면서 화를 벌컥 낼 것 같아 우리 둘은 시체가 된 채 꼼짝달싹하지 않고 가만히 있었다.

아무리 기다려도 통제부 장교는 시체를 보러 오지 않았다. 기다림에 지쳐 나는 크게 하품을 했다. 그러자 옆자리의 들것에 누워있던 야마시타가 참지 못하겠다는 듯 "쿡" 하고 웃었다. 우리는 얼굴을 마주보고 히죽히죽 웃었다. 웃으면서도 마음속으로는 머지않아 진짜로 둘 다 이렇게 죽을지 모른다는 생각이 들었다.

그날 이후, 나는 야마시타를 야단치지 않았다. 야마시타가 야단맞을 실수를 저지르지 않았던 것이다. 드디어 그녀는 유능하고 쓸모 있는 간호사가 되었다. 모두들 앞으로는 야마시타가 크게 도움이 될 거라고 기대를 걸었다. 나는 월 오봉(한국의 추석 격_역자)이 되면 고향으로 보내 의젓해진 그녀의 모습을 가족들에게 보여주리라 마음먹었다.

8월 9일. 이른 아침부터 경보가 울렸다. 가고시마(鹿兒島) 쪽이 되풀이해서 공습을 당하는 모양이었다. 이노우에와 야마시타는 전령이 되어 둘이 번갈아가며 라디오 정보를 전달하고 있었다. 붉고 동그란 콧잔등에 송글송글 땀이 맺힌 채 눈을 깜빡깜빡 거리면서 "정보를 알려드리겠습니다. 이제 막……" 하고 외치는 모습은 너무나 귀여웠다.

원자폭탄이 작렬하고, 무너져 내린 연구실에서 살아남은 연구원들이 하나둘 모여들었지만, 야마시타와 이노우에를 비롯한 간호사들은 아무리 기다려도 오지 않았다. 불덩이를 헤치고 잇달아 뛰쳐나오는 얼굴들을 보면서 이름을 불러보았으나 새까맣게 그을린 그들은 야마시타도 이노우에도 아니었다. 그들은 올 리가 없었다. 그때 이미 그녀들은 운동장에서 숯덩이가 되어 있었다.

간호부장이 그들의 시신을 발견했다. 간호부장을 따라 시신 곁에 다가갔을 때, 귀여운 그 얼굴들이 떠올라 눈물이 솟구쳤다. 야마시타 옆에 쭈그리고 앉으니 비록 피부는 다 그을려 벗겨졌지만 이마와 동그란 코는 생시의 모습 그대로였다. 너덜너덜 다 찢겨나간 방공복의 가슴 언저리에 매달려 있는 강아지 브로우치를 손에 쥐고는 나도 모르게 엉엉 울음을 터트리고 말았다.

이렇게 빨리 죽어 떠나갈 녀석인 줄 알았더라면 그렇게 심하게 나무라고 야단치고 구박하지나 않았을 것을……

우리는 뜨거운 잿더미를 밟으며 시체를 옮겨 생화학 교실 곁의 방공호에 가매장했다. 야마시타의 고향에는 하얀 산다화(山茶花)가 많이 핀다. 그 가묘 위에 산다화를 심어주리라 마음먹었으나 나 역시 병상에 누워있는 신세가 되고 보니 여태껏 그 뜻을 이루지 못하고 있다.

우애

    수세미 덩굴이 여름 햇살을 막아주는 가장자리 쪽으로 침상을 들어내 놓고, 더위와 고열로 부글부글 끓는 온몸을 젖은 수건으로 감아 식히면서 나는 논문 초고를 쓰고 있었다. 어젯밤에도 열 때문에 거의 잠을 이루지 못해 머리가 멍했다. 그렇지만 일을 멈출 수는 없었다. 게으름을 부리다가는 생명이 붙어있는 시한까지 논문을 마무리 지을 수 없다.

    어쨌거나 눈이 보이는 동안에, 손을 움직일 수 있는 동안에 써야 한다. 요사이는 식욕이 없어 영양섭취도 시원찮았고, 빈혈도 심해져서 오래 힘을 쓰지 못한다. 한창 일을 하다보면 가벼운 뇌빈혈을 일으켜서 멍해지는 경우가 종종 있다.

    불현듯 이럴 때 커피가 있었더라면 하는 생각이 든다. 지난 몇 해 동안 커피는 언감생심 맛도 보지 못했는데 말이다.

사이다로 정맥주사를 맞아 보면 어떨까? 머리에 구멍을 뚫어 박하물로 씻어 볼까? 그도 아니라면 심장에 액체 산소통을 연결하여 혈관 속으로 차가운 산소를 불어넣어 볼까?

이런 저런 상념에 젖어있을 때 들판 저쪽에서 누군가가 밝은 목소리로 말을 걸었다. 머리를 들고 기다리려니, 수세미 덩굴이 뻗어있는 문을 밀고 어머니 친구인 도이즈미(戶泉) 씨와 신문사에서 일하는 오기와라(荻原) 씨가 나타났다.

도이즈미 씨가 "여름의 산타클로스!"라고 외치면서 내 베갯머리에 커다란 종이 꾸러미를 내려놓았다. 나는 눈을 끔뻑거릴 따름이었다. "한번 펴보라니까!"라는 재촉을 받고서야 펼쳐보니 커다란 깡통이 나왔다. 붉은 글씨가 이내 나의 눈을 붙들었다. 커피!

이런 편지가 곁들여져 있었다.

1947년 일본 나가사키 항구 내.

에스.에스.조지.엘 호에리 호에서

나가사키 의과대학 나가이 교수님께

커피 한 잔을 드시고 싶으시다구요? 맛있는 커피를 한 잔 만들어 보내드리고 싶습니다만, 유감스럽게도 이곳에서 커피 잔에 담아 댁까지 들고 가기가 어렵습니다.

커피를 만들 재료를 보내오니 손수 맛있게 끓여 드십시오.

당신에 관한 이야기를 자세히 들었습니다. 부디 우리 주님께서 당신에게 은혜를 베푸시어 당신을 고통에서 구해주시길 바랍니다.

안녕,

선장 딜

편지를 읽고 나니 눈물과 웃음이 함께 나왔다. 커다란 커피 깡통, 자그마한 우유 깡통, 흰 설탕……

이 얼마나 세심한 배려인가. 더구나 어색함이 전혀 없는 자연스러운 우애에 찬 유머러스한 편지, 일부러 타자기로 쳐서……

나는 딜 선장을 전혀 모른다. 호에리 호는 미국에서 식량을 싣고 사흘 전에 나가사키에 도착한 화물선이다. 굶주린 이 지방 사람들은 이 보물선으로부터 구원을 받았다. 사람들은 식량 방출 감사대회를 열었고, 오늘 나가사키 현 의회의 대표들이 고마움을 표하느라 감사문을 가지고 배를 찾아갔다고 한다.

딜 선장은 선장실에서 직접 커피를 끓여 찾아온 사람들을 대접했다. 다들 그 커피가 너무나 맛있어서 비로소 평화의 의미를 떠올렸다. 그때 도이즈미 씨의 머릿속에 문득 내가 떠올랐다는 것이다.

몇 달인가 전에 도이즈미 씨가 문병을 하러 나를 찾아왔다가 무엇이 가장 필요하냐고 물은 적이 있었다. 나는 "시간!"이라고 대답했다.

"시간? 그건 문병을 오면서 가져올 수 없겠는걸."

"하지만 저에게서 빼앗아 가지 않을 수는 있겠지요."

"이런, 이런, 쫓아낼 모양이로군…… 물건 중에는 어떤 것이 필요하신가요?"

"커피, 진짜 커피……"

그런 대화를 나누었다. 그 무렵 나는 신문에서 커피 광고를 보고 즉시 시모노세키 시에 주문을 했었다. 그러나 부처

온 것은 석결명(石決明) 열매를 검게 볶아 가루로 만든 것 같았다. 그래도 색깔과 쓴맛은 커피와 별반 다르지 않았기에 거기에다 눈곱만큼 카페인을 섞어 때때로 마시곤 했다. 카페인을 조금 많이 넣으면 가슴이 쓰린 대용품이었다. 나는 심장이 약해져 있어서 커피는 약이 되기도 했던 것이다.

도이즈미 씨는 커피를 마시다가 내가 마신다던 대용 커피를 떠올리고는 불현듯 "나가이 박사가 이 커피를 마실 수 있다면……" 하고 혼잣말을 했다. 귀 밝은 선장이 그 말을 듣고 "뭐라구요?" 하고 되물었다. 도이즈미 씨는 짤막하게 병상에 누워있는 나에 대해 이야기를 했다.

선장은 고개를 끄덕이며 듣더니, 즉시 심부름꾼에게 커피 깡통 등을 가져오게 해서 직접 종이로 쌌다.

여름 햇살이 따갑게 비치는 선복(船腹)에 자리한 선장실은 사우나를 하는 것처럼 더웠다. 수입 식량을 하역하는 소리가 단조롭게 '덜컹덜컹' 하고 울려 퍼졌다. 늙은 선장의 고무공처럼 살찐 몸과 머리카락이 몇 올 남지 않은 머리로부터 땀이 쉴 새 없이 증발하고 있었다. 드디어 선장이 나에게 보내는 편지의 타이핑을 마쳤다.

"이걸 병든 친구에게!"

그 여름날부터 석 달이 흘렀다. 딜 선장은 미국으로 돌아 갔으리라. 나는 매일 아침 5시 반이면 종소리와 더불어 기도를 드린다. 그러는 사이 동생은 커피 한 잔을 만들어 수건과 같이 내 머리맡으로 운반해 놓는다.

그러면 멋진 커피 향기에 하루를 살아가는 기쁨이 생겨난다. 커피 한 잔을 마시고 있노라면 딜 선장의 고마운 마음과 심장의 고동이 안정되고 편안해짐을 느낀다.

잠시 눈을 감고 명상에 잠기면 피로는 말끔히 풀리고, 새로운 힘이 손가락 끝에까지 샘솟는 듯하다. 그러면 나는 몸을 뒤척여 배를 바닥에 깔고 연필을 손에 쥔다. 어젯밤 쓰다가 전등이 꺼져 그대로 둔 초고(草稿) 문장을 이어가기 시작하는 것이다. 해맑아진 머리로부터 실타래에 감긴 실이 풀리듯이 글이 흘러나온다.

다 쓴 초고들이 한 장 한 장씩 쌓여가면서 점점 키가 높아져간다. 그걸 머리맡에 두고 올려다보면서, 도대체 이 초고의 원동력은 카페인일까, 노선장의 우애일까 하고 곰곰 생각해보곤 한다.

나는 이따금 노선장의 편지를 꺼내 다시 읽어본다. 그러고 나서 나의 과거를 되돌아보면 식은땀이 날 것 같다. 물론 나 역시 가난한 사람이나 낭패를 당한 사람에게 물질적 도움을 준적은 있다. 하지만 그때 내 의도는 자선이었다. 동정을 베푼다는 태도였다.

나는 물질을 갖고 있고 상대는 없으니까 준다. 나에게는 능력이 있고 상대는 그것이 없어 낭패를 당하고 있으니까 도와준다. 즉 나를 한 단계 윗자리에 둔 채 상대를 내려다보면서 물질을 주고 지혜를 빌려주었던 셈이다. 이런 자선행위에는 내심 오만함이 깃들어 있었다.

보다 자그마한 상대를 향함으로서 내가 크다는 사실을 자만하고, 남모르게 '훗훗' 하며 웃음을 흘리고 있었던 것이다. 베푸는 자는 은혜를 입은 자보다 행복하다고 한다. 그 행복이라는 것이 내 경우에는 스스로의 뛰어남을 증명하고 난 다음의 자기만족에 지나지 않았다.

베풀 수 있는 자의 행복이란 그런 것이 아니다.

"너희가 나를 따라오려면 자기를 버리고 제 십자가를 지고 나를 따라오너라."

주님에게 봉사하고 봉헌하는 마음으로 보잘것없는 사람에게 행하는 일이 주님의 마음에 들어맞으니까 초자연의 행복이 주어지는 것이다. 작은 사람에게 행하는 일이 곧 주 님에게 행하는 일임을 안다면 '베푼다'는 따위의 태도는 취하지 못하리라.

딜 선장이 나에게 커피를 보내온 것은 베품이었다. 하물 며 일본이 좋아서 행한 선무(宣撫)도 아니었다. 그것은 단 순한 우애의 표출이었다. 국경을 넘어, 승전국 국민과 패전 국 국민의 차별을 의식하지 않고, 알지도 못하며 만날 수 있 는 사이가 아니라는 사실도 잊고, 오직 단순하게 "너희는 서로 사랑하라"는 실행이었다.

수박

봄이 끝나갈 무렵부터 내 몸 속에 부종(浮腫)이 생겨났다. 부종이 생길 정도면 그리 오래 살지 못할 거라며 부엌에서 소곤소곤 대는 소리가 들려왔다. 정말 그런가 하고 거울을 들여다보았다. 나로서도 상상조차 못한 부풀어터진 만두와 같은 기분 나쁜 얼굴이 손거울을 가득 메우고 있었다. 황량한 담벼락을 '위잉~' 하는 소리와 함께 미적지근한 바람이 불고 지나갔다. 왠지 께름칙했다.

어느 날, 중학교에 근무하는 다가와(田川) 선생이 문병 와서 "부종에는 수박이 좋다니까 어떻게든 하나 구해 오겠습니다"라고 약속했다. 여름이 다 되었는데도 밭에 주식(主食)을 심는 바람에 올해는 수박이 귀하다는 소문이다. 보통 오봉 명절(한국의 추석 격_역자)이면 수박이 나오곤 하는데, 이번에는 암시장에서조차도 찾아보기가 어렵다고 한다. 그마나 가격은 하나에 몇 백 엔이나 하여, 부자가 아닌 월급쟁이 처지로는 그림의 떡이다.

다가와 선생은 이따금 문병을 와서는 "약속은 했지만 여간해서 수박 구하기가 쉽지 않네요." 하며 겸연쩍은 표정을 짓는다. 나는 도리어 다가와 선생이 안쓰러워서 "너무 걱정하지 마세요. 말씀만 들어도 기쁩니다." 하며 몇 번이나 말렸다. 그러는 동안 부종은 어떤 날은 줄었다가 어떤 날은 또 늘어나는 등 들쭉날쭉했다.

여름방학이 끝날 즈음, 오우라(大浦) 신학교에서 위문품이라며 수박 한 덩이를 보냈다. 나는 너무 고마워서 눈물이 났다. 이제 부종도 줄어들 것이라고 생각하니 수박이 크고 푸른 환약처럼 보였다. 하룻밤을 우물 속에 담가 두었다가 알맞게 차가워진 다음, 칼을 대었다. 아들 마코토 녀석이 번쩍거리는 부엌칼을 커다란 수박에 이렇게 대었다가 저렇게 대었다가 하며 고개를 갸웃거리는 모습을 침상에서 바라보고 있노라니, 내 어린 시절의 즐겁던 추억까지 되살아났다.

수박을 손에 든 다가와 선생이 병실에 모습을 나타낸 것은 바로 그 다음날이었다. 땀을 뻘뻘 흘리며 수박을 손에 넣기까지의 경위를 설명하는 선생 자신의 기쁨이 우선 무엇보다 큰 듯했다. 참으로 운 좋게 마지막 남은 한 덩이를 손에 넣었다고 했다.

"이걸 놓쳤더라면 결국에는 박사님에게 수박 맛을 보여드리지 못하고 끝날 뻔했습니다. 하기야 내년 여름까지 살아계시면 또 내년에 구해 드릴 수는 있겠지만…… 하여간에 실컷 드세요. 부종도 틀림없이 사라질 겁니다……."

나가사키 항구 변두리에 하치로다케(八郎岳)라는 높은 산이 있다. 산의 7부 능선 산허리에 완전히 다른 마을과 격리된 가톨릭 촌락이 있다. 박해를 피해서 조용히 신앙을 지켜나가기 위해 위주한 잠복 그리스도교 일족으로, 오직 한 집만이 가토(加藤)라는 성을 쓰는 것을 빼면 나머지는 죄다 오야마(大山)라는 성씨를 지니고 있다.

주민들은 소박하고 신앙심이 깊어서, 마을 이름조차도 '오야마'라고 한다. 주민들이 숨기에는 안성맞춤인 산촌이다. 이 마을에 가려면 숨이 컥컥 막히는 급경사를 3킬로미터쯤 타고 올라가야 간신히 도착할 수 있다. 바로 이 마을에서 맛있기로 유명한 오야마 수박이 재배된다.

다가와 선생은 오늘 새벽, 어둠이 채 가시기도 전에 오야 마 마을에 올라가 수박을 찾았다. 그렇지만 워낙 적게 심은 데다가 일조량마저 적어서 흉작이었다. 또한 장사꾼이 들 이닥쳐 몽땅 사 가버린 뒤였다. 그래서 집에서 먹으려고 따 두었다는 수박 한 덩이를 애원하다시피 하여 간신히 얻었 다는 것이다. 다가와 선생은 "수박이 둥근 탓에 잘 미끄러 지고, 무거워서 자칫하면 깨질까봐 여기까지 가지고 온 것 은 아무것도 아니에요. 이 수박을 얻으려고 수없이 머리 숙 이고 애걸복걸하던 순간이 훨씬 더 진땀났다니까요!"라며 침을 튀겨가며 설명하면서 윗도리를 벗었다.

나로서는 그 우정이 마음 깊숙이 와 닿았다. 만약 다가와 선생이 누워있고, 내가 건강했더라면 몇 리나 되는 산길을 오르락내리락 하며 수박을 구해 왔을까? 나는 말문이 막혀 그저 머리를 숙이고 감사했다.

그러나 나는 순진하지 못했다. 이런 우정에는 기쁨을 더 욱 과장해서 말을 해야 보답이 될 듯싶었다. 그래서 나는 그 만 이렇게 말해버렸다. "아아, 이것 참. 이제 여한이 없습니 다. 선생 덕택에 귀한 수박까지 먹어보는군요. 정말이지 금 년 들어 처음으로 맛보는 수박이로군요."

다가와 선생과 이야기를 나누는 동안, 우물에 담가 두었던 수박이 차가워졌는지 마코토가 도마 위에 수박을 올려 놓고 들고 왔다. 다가와 선생은 다시 한 번 수박을 여기저기 두드려 보더니 "알맞게 잘 익었군요"라며 장담했다.

마코토가 싹둑 하고 둘로 쪼갰다. 아름다운 향기가 방에 가득 찼다.

"이건 정말 맛있겠는걸!"

내 말이 떨어지기가 무섭게 마코토가 천진스럽게 외쳤다.

"단 수박이야, 아빠. 어제 수박이랑 똑같아!"

쥐, 별을 모르다

머리맡에 도라지를 가져다 놓은 날이었다. 아키쓰기(秋月) 박사가 늘 그랬듯이 바람에 날리는 나뭇잎처럼 살짝 들어와 발걸음을 멈춘 채 팔짱을 끼고 내 얼굴을 내려다보면서 '씨익' 웃는다. 다다미 위에 내려놓은 가방에서 청진기 고무호스 2개가 밖으로 비쭉 나와 있다. 순간 가리맛이라는 이름의 조개가 떠올랐다. 그래서인지 청진기 끄트머리에서 당장이라도 물이 쫙 뿜어져 나올 것만 같았다.

"오늘은 빈혈이 심해 보이지 않는군요?"

"고마워. 현기증도 사라졌어."

아키쓰기 군은 웃음을 머금은 채 나를 쳐다보고 있었다. 크레졸 냄새가 슬금슬금 풍겼다. 아키쓰기 군은 요오드팅크에 물들어 새까매진 손으로 찻잔에 차가운 차를 따르더니 벌컥벌컥 들이켰다.

"저는 이제 산으로 들어가기로 했습니다."

그는 태연히 이런 터무니없는 말을 내뱉고는 나를 물끄러미 쳐다보았다. 청진기가 물을 뿜어내기를 기다릴 때가 아니었다. 적잖이 당황하여 물어보았다.

"그럼 병원은?"

"그만두겠습니다."

"그만둬? 그만두면 병원이 곤란해지지 않을까? 자네의 노력으로 비록 가건물이기는 하지만 훌륭하게 재건되었고, 또 폭격당하기 이전부터 병원 일을 잘 알고 있는 사람은 자네뿐이지 않은가?"

"그러니까 그만두렵니다."

"……?"

"선생님도 아시다시피 저는 육체의 병을 고침과 동시에 영혼의 병도 고치는 이상적인 진료를 해보고 싶어서 성 프란시스코 수도원이 운영하는 병원에 들어온 것입니다. 그런데 그만 원자폭탄이 떨어졌잖습니까? 폐허가 된 병동, 쓰러진 동료, 실려 오는 부상자들…… 그로부터 꼬박 2년! 눈코 뜰 새 없이 바쁘게 재건을 위해 이리 뛰고 저리 뛰면서 오늘에 이르렀습니다."

아키쓰기 군은 말을 멈춘 채 지난 두 해 동안의 눈부신 변화를 떠올리는 듯 금이 간 찻잔을 말없이 바라보고 있었다. 조그만 얼굴도 이제는 몹시 늙어버렸고, 제멋대로 자란 턱수염에는 피곤함마저 배어있었다. 나도 차가운 차를 마시며 새삼 그동안의 고생을 절절히 되새겼다. 열린 미닫이 너머로 파릇파릇 무성하게 풀이 돋은 광야가 펼쳐져 있었다.

"…… 재건은 되었지요. 재건은 되었지만, 이 광야에 풀이 되살아 난 것과 조금도 다를 바 없는 재건입니다. 괜찮은 과일나무도 심었습니다. 꽃도 피었습니다. 그러나 가는 곳마다 잡초가 널려 있습니다. 제 마음 속은 더부룩한 잡초 투성입니다."

"으음."

우리는 말없이 다시 차를 마셨다. 나 역시 내 마음 속을 되돌아보았다. 파릇파릇한 풀이 황야를 건너, 이곳 다다미 위로 뻗어와 내 마음 속에까지 퍼져오는 듯한 기분이 들었다. 과연 엉경퀴, 개여뀌, 망초, 같은 잡초뿐, 변변한 풀은 나지 않았다.

"이 잡초들을 당장 베어버려야 합니다."

아키쓰기 군은 칼로 베듯이 딱 잘라 말했다.

"이 잡초-전재자(戰災者) 근성을 잘라 내야만 합니다. 저는 최근에야 겨우 그걸 깨달았습니다."

"음, 전재자 근성이라? 그러고 보면 나 또한 바로 그 잡초에 덮여있는 건가?"

"예, 이상한 일이지요."

"으음."

"사실은 말이죠, 며칠 전에 입원 환자 한 사람이 저를 보고 이런 말을 했습니다. '선생님, 이 병실 변소에는 슬리퍼가 없어요.' 그때 저는 그 환자의 말이 떨어지기가 무섭게 이렇게 야단쳤답니다. 뭐라고? 슬리퍼? 사치스러운 소리를 하는군. 그런 건 없어도 아무 상관없어. 여기는 전재지(戰災地)라구. 알아들었어? 우리는 완전히 망가져서 맨주먹으로 여기까지 재건시킨 거야. 슬리퍼 따위는 문제가 아니야. 아직도 중요한 일들이 산더미처럼 쌓여있단 말이야……!'

"잘 말해 주었군."

"그러니까 선생님도 전재자 근성이라는 잡초가 무성한 편이라구요."

"응……?"

"보시라구요, 선생님. 우리는 걸핏하면 빈털터리 신세로 이만큼이나 다시 일으켰노라고 으스댑니다. 저는 그런 근성이 무섭다는 사실을 알아차린 겁니다."

"……?"

"변소에 슬리퍼가 없다, 없는 게 당연하다, 전재지니까…… 뜰이 황폐해졌다, 황폐한 것이 당연하다, 폭심지(爆心地)니까…… 수염이 덥수룩하다, 귓바퀴에 때가 잔뜩 끼어있다, 당연하다, 전재자니까…… 방 안에는 온갖 보따리가 아무렇게나 쌓여있다, 당연하다, 임시로 지은 바로크 오두막이니까…… 슬리퍼를 사야하지 않을까요? 그 따위 사치품에 쓸 돈이 어디 있어? 뜰에 마구 흩어져 있는 기와조각이나 불에 타다 남은 나무나 정돈해야지…… 뜰뿐이 아니야, 밭도 아직 채 정리하지 못했잖아? 제멋대로 자란 그 턱수염을 깎는 게 낫지 않을까요? 흥, 이 잿더미 위를 거니는데 신사 체면 따위가 무슨 소용이야…… 이 보따리들, 좀 더 제대로 정돈할 수 없나요? 쳇, 성가시군. 전재 바로크 가설 주택에는 이런 식으로 내버려두는 게 더 어울린다구, 여기가 어디 문화주택이라도 된다던가……"

"으음, 내가 하고 싶은 말이로군."

"슬리퍼가 없다고 불평을 하지만 변소는 있잖은가? 그 변소를 짓느라 얼마나 고생했는지 알기나 해? 2, 3천 엔으로 될 일이 아니야. 변소만 있다면 슬리퍼가 없어도 볼일을 볼 수 있잖아? 이게 다 전재자 생활이라는 거라구. 뜰이 그냥 그대로 내버려져 있다지만 뜰 따위는 원래 무용지물이야. 없어도 아무 상관이 없단 말이야. 게다가 저런 식으로 벽돌이나 전선, 함석이 흩어져 있는 것도 기념할 만한 정경이 아니냐구.

이 턱수염? 이 새까만 때? 우리는 노동자라구. 수염도 깎지 않고, 때도 밀지 않고, 묵묵히 재건 공사에 매달려 일해야 한다구. 방을 정돈하라지만 이 좁디좁은 방 한 칸으로서야 어떻게 손을 쓸 재간이 없잖은가 말이야? 여하튼 맨주먹으로 이만큼이나 물자를 모은 것만 해도 대단하다구. 너희들은 전쟁을 당해본 경험이 없으니까 배부른 소리를 하는 거야. 우리는 밑바닥이라구. 밑바닥에서 일어선 사람이라니까.

밑바닥의 변소에 슬리퍼가 당할 말이야? 밑바닥의 뜰에 튤립이 필 것 같아? 밑바닥 노동자가 멋지게 넥타이를 매어서 무얼 할 거야? 밑바닥의 집안에 반듯한 양복 옷장이 무

슨 소용이 있냐구? 우리는 전재자야, 밑바닥 생활에 만족한
다구……"

"이봐, 자네!'

나는 아키쓰기 군의 말을 막은 뒤 손가락으로 귓바퀴를
문질렀다. 새까만 때가 떨어졌다.

"자넨 지금 내 이야기를 하는 게로군?'

"하하하하, 찔리는 데가 있으십니까?'

"마치 아물어 가는 상처를 다시 후벼 파는 듯 하군. 정말
이지 자네 말 그대로야. 하지만……"

아키쓰기 군은 가지무침을 손가락으로 집어 입 속으로 던
져 넣었다. 그러고 보니 포크나 젓가락조차 깜빡 잊고 내놓
지 않았던 것이다.

"이렇게 손가락으로 집어먹는 것도 전재자 방식이라구
요. 교양이 없는 사람이라면 몰라도 우리는 그래도 문화인
이잖습니까?'

"그렇지, 그렇구말구."

"이 폐허 위에 전혀 새로운 문화를 만들어내는 것이 우리
들 문화 지도자의 의무랍니다."

아키쓰기 군은 스스로를 나무라기라도 하듯 침묵했다.

나는 이 황야에 도라지라도 살아나 자줏빛 꽃을 피우고, 바람에 실린 자줏빛 물결이 성당 쪽으로 밀려갔으면 하는 상상을 했다.

"우리는 가난함을 높이 삽니다. 그러나 더러움에 물들어서는 곤란합니다. 밑바닥 생활에 젖어서도 안 됩니다. 성 프란시스코가 권한 것은 청빈(淸貧)이었습니다."

나는 누운 채 방안을 빙 둘러보았다.

천정을 널빤지로 막지 않아 지붕 안쪽의 대나무가 그대로 드러나, 거기에 넝마조각처럼 검댕이 매달려 있었다. 벽의 흙이 갈라진 틈에는 바람을 막는답시고 신문지가 이리저리 붙어 있었다. 물통과 에이프런이 벽에 친 못에 걸려있었다. 침상 주변에는 기도서, 성서, 사전, 잡지, 원고지, 밀감껍질, 질그릇 주전자, 약봉지, 편지, 연필이 어지럽게 자리를 차지하고, 그 한가운데에 변기가 낮잠을 자고 있었다. 정말이지 문화 지도자의 이름이 부끄럽다.

"제가 말씀 드리는 것은 물질적인 의식주 생활의 더러움과 저질스러움만이 아닙니다. 정신생활의 더러움과 저질스러움입니다. 전재자다, 전재자다란 말이 입버릇이 되어버린 우리들입니다. 그날로부터 벌써 2년이 지났습니다. 세계는 훌쩍 발전했습니다. 전재로 뿌리째 뽑힌 것을 되돌린 다음, 그 2년간의 진보를 따라잡아야 할 우리들입니다. 그럼에도 2년 전 전재 당시의 상태에 그냥 그대로 머물러서야 될 말이겠습니까?"

나는 찻잔을 들고도 심장이 두근거려 마시지 못하고 찻잔에 그려진 7명의 동자(童子) 그림만 가만히 보고 있었다. 노송(老松) 아래 모란꽃이 핀 꽃밭에서 나비를 쫓으면서 노는 7명의 동자는 몇 년 전에 그려진 것일까? 그려진 날의 모습 그대로 어떤 동자는 한 손에 부채를 들고 있고, 뒤돌아보는 동자도 있다. 그들은 찻잔이 깨트려질 때까지 그런 모습으로 있을 모양이다.

그곳은 아름다운 꽃밭인지라 그냥 그대로 있어도 좋으리라. 하지만 폐허에서 어느 날 그대로의 마음과 자세로 계속 있을 수는 없는 노릇이다. 그런데도 아무도 그걸 깨닫지 못한다. 역시 입만 벙긋하면 전재자라고 말한다.

"지렁이는 꽃을 못 보고, 쥐는 별을 못 본다."

아키쓰기 군은 차가운 차를 벌컥 들이키고는 이런 대구(對句)를 읊조렸다.

"전재자의 생활이 몸에 배었습니다. 저질스런 전재성(戰

災性)으로 인하여 높고 아름다운 것이 보이지 않습니다. 원자폭탄 탓으로 저라는 존재가 한편으로는 떠받들어진 것이 사실입니다. 그렇지만 그 후의 전재자 생활로 인해 다른 한편으로는 더럽혀진 것 또한 부인할 수 없습니다. 더럽혀진 이 전재자 근성이 폭심지 우라가미의 재건에 화를 미치고 있다는 사실 역시 의심의 여지가 없습니다. 더러움을 깨닫지 못하고, 저질스러움에 만족하고 있는 우리에게 어떻게 새롭고 밝은 문화를 이끌어낼 힘이 있겠습니까?

입만 열면 전재자라고 외치고, 원자폭탄에 당했노라고 자랑스런 얼굴로 말한다……. 싸움에 진 것이 어떻게 자랑거리가 됩니까? 그쪽도 인간, 이쪽도 마찬가지 인간, 지혜와 노력이 모자랐으니까 원자폭탄에 당한 게 아닙니까?

세계대전에 종지부를 찍은 폭심지라는 뜻에서 국내외의 사람들이 매일 구경하러 옵니다. 하지만 이 잡초 무성한 광야는 우리들 우라가미 사람들로서야 부끄러움일지언정 자랑일 수가 없습니다. 우라가미 사람들이 자랑할 수 있으려면……"

아키쓰기 군은 도라지꽃을 뽑아들고 뚫어져라 쳐다보았다.

"이 도라지꽃처럼 향기 그윽한 문화의 도시를 건설하는 그때입니다."

나는 눈을 감고 우라가미를 떠올려보았다. 우라가미…… 그 이름은 그리스도교 순교 성지로서 세계에 널리 알려져 있다. 쇄국 금교령이 내려진 이래 이 마을에서 피를 흘린 순교자의 수는 엄청나다. 그 중에서도 다케나카(竹中) 부교(奉行)(사무라이 정권 당시 행정 사무를 담당한 각 부처의 장관_역자)가 우라가미에 불을 지르고 탄압한 것이나, 메이지 유신 정부에 의한 우라가미 교인 총유배는 이 마을 신자를 거의 전멸시킨 것처럼 보였다.

우라가미가 종교사에서 세계적으로 유명해진 것은 그런 박해에도 지지 않고 즉각 교세를 회복하여 굳은 신앙을 공표하고, 다이쇼 연간(大正年間 : 1912~1926년)에 동양 제1의 성당을 자력으로 세운 일이었다. 이번 원폭은 종교와는 관계가 없지만 많은 종교인을 희생시켰다.

"암내가 암내를 모른다. 전재지에 있다 보면 전재자의 냄새를 모릅니다. 저는 저의 냄새를 맡으려 한동안 우라가미를 벗어나고 싶은 것입니다. 다라다케(多良岳) 산속 깊은 곳에서 숯을 굽는 친구가 한 사람 있습니다. 그의 오두막에 틀어박혀 제 마음을 깨끗이 씻으렵니다. 소금과 야채와 약간의 현미를 마련할 수 있다면 다행이겠지요."

아키쓰기 군은 도라지꽃을 손에 쥔 채 스스로 바람을 일으켜 구름을 타고 표표히 떠나갔다.

나는 지쳐서 곯아 떨어졌다. 눈에 어른거린 것은 꿈이 아니었다. 젊은 시절 올라갔던 다라다케의 추억이었다. 그러나 열여섯 해 전에 보았던 밤 정경이어서 모든 윤곽이 망각에 의해 지워지고 꿈인 양 여겨졌다. 단지 깊은 밤 산꼭대기에서 무릎을 꿇고 기도할 때 합장한 손가락의 손톱에 비치던 별빛만이 어렴풋하게 망막에 남아 있었다.

수세미

수세미 화분에 꽂아 둔 대나무를 타고 덩굴이 쑥쑥 뻗어났다. 아침 햇살이 비칠 무렵이면 이미 노란 꽃이 선명하게 피어나 나비와 벌을 부르고 있다. 처음 한동안은 수꽃만 피었다. 이 수꽃은 이런 방식으로 여기에 수세미 꽃이 있다는 사실을 벌과 나비에게 알리는 것이리라.

처음에는 모여드는 벌과 나비가 적었으나 선명한 노란색이 멀리서도 잘 보이는 탓인지 어느 결에 단골로 드나드는 녀석들이 많아졌고, 온종일 윙윙거리는 소리가 요란해졌다. 그 무렵부터 암꽃이 띄엄띄엄 피어났다.

옆에서 자세히 살펴보니 잎이 달린 부분에는 어디에나 수꽃의 꽃망울이 있었다. 2인치 가량의 다리 난간 모양을 하고 있다. 덩굴 줄기 하나에 수십 개나 달린 꽃망울이 모두

수꽃이 되지는 않는다. 그중 몇 개가 갑자기 커져서는 꽃을
피웠다.

다른 것들은 어느 결에 시들고 말라 사라져 버린다. 어느
것은 꽃 피우고, 어느 것은 시들게 하는 결정은 도대체 누가
내리는 것일까?

수세미 화분대 여기저기에 맵시 좋게 수세미가 매달려 간
다. 인간이 성가시게 손을 대지 않아도, 수세미가 너무 많이
매달려 화분이 깨어지는 일은 생겨나지 않는다.

통통하게 여물기 시작한 수세미에는 몇 가지 형태가 있
다. 어떤 것은 엮어 놓은 대나무 사이로 멋들어지게 매달리
는가 하면, 어떤 것은 화분대 위에 드러누운 채 자라기도 하
며, 또 어떤 것은 반쯤 대나무를 타고 올라가다가 끄트머리
가 걸리는 바람에 가운데가 움푹 패인 채 커가기도 한다.

똑바로 매달리는 것은 수세미의 본성이니까 보기에도 그
럴싸하지만, 드러누워 뒹굴면서 살쪄가는 모습도 흥미롭
다. 반쯤 뻗어나다 대나무에 걸려서 휘어진 녀석은 재미가
없다.

하지만 그런 녀석도 운이 나빠서 엮어놓은 대나무에 걸렸

을 뿐, 수세미 자신에게는 아무 책임이 없다.

마코토가 대나무를 타고 올라가 가운데가 휜 녀석을 대나무 사이로 빼내어 아래로 매달리게 해주었다. 그랬더니 마치 낚싯바늘에 걸린 나방의 애벌레 같아서 보기가 흉했다. 마코토가 다시 손을 대어 무리하게 똑바로 펴주려고 하자 그만 '똑' 부러져 하얀 속살을 드러내고 말았다.

그 모습을 지켜보다가 마코토에게 말했다.

"억지로 바로 잡으려다가는 도리어 죽고 마는 법이야. 그냥 자연의 흐름에 맡겨 두어라."

곧장 똑바로 매달린 것이나 휜 것이나 모두 바람에 흔들흔들 흔들리면서 날이 갈수록 통통하고 긴 형태를 갖추어갔다. 그리고 저마다 다 멋진 모습이 되었다.

휘어졌던 녀석도 커짐에 따라 스스로의 무게로 인해 어느 결에 거의 똑바로 펴졌다. 그리고는 듬직하게 공간을 차지하여 여간해서는 바람에도 흔들리지 않는 당당한 수세미로 자라났다.

수세미 화분을 스치는 바람소리가 딱딱한 소리를 낼 무렵이 되자 매달려 있는 수세미의 껍질도 딱딱해지고, 세로 줄

무늬가 두드러졌다. 급기야는 어느 사이에 푸른색을 잃어 버리고 적동색으로 변했다. 젊음이 사라져 늙어가는 자태가 너무나도 고색창연(古色蒼然)하다.

주름이 깊어짐에 따라 몸도 날씬해졌는가 하면, 다시 바람에 흔들릴 지경이 되었다. 하지만 그것은 젊은 시절의 가벼움이 아니라 유유자적하고 침착한 흔들림이었다.

자세히 보고 있노라니 수세미는 오직 훌쩍 시드는 날을 기다리고 있는 듯하다. 그러나 그 몸속에는 지금 착실하게 섬유망을 만들어 가고 있다. 이윽고 섬유망이 완성될 즈음이면 수세미의 생명도 끝난다. 그래서 초겨울의 계곡물에 씻겨 하얀 때밀이가 되어 오랫동안 이 세상에 남으리라.

인간의 발뒤꿈치 때를 미는 때밀이가 되기 위해 수세미는 생명을 끊어야 한다. 일생의 목적을 달성하고, 사람들로부터 귀하게 여겨질 무렵에는 수세미 자신은 이미 죽어 그런 사실을 알지도 못한다.

문화생활

히가시야마(東山) 씨로부터 초대를 받은 적이 있었다. 전쟁이 일어나기 전의 이야기다. 그는 아내와 나를 응접실로 안내했다. 평소 절친한 사이였던지라 격식을 차려 인사를 주고받을 필요도 없었다.

히가시야마 씨는 선조 대대로 바다의 영주(領主), 고지마(五島)에서 유일하게 어장을 운영하는 사람이었다. 요즘 흔해빠진 벼락부자와는 차원이 달랐다. 응접실은 단아하고 낮게 조명이 깔려있었다. 가족들도 고등교육을 받은 교양인들뿐이었다.

우리는 부인이 차려온 멜론과 코코아를 맛보면서 부르제의 작품을 논하기도 하고, 음질 좋은 전축으로 모차르트를 듣기도 하며 한동안 청담(淸談)을 나누었다.

우리는 기분 좋게 취해서 집으로 돌아왔다. 집에 돌아와 보니 우리 집의 초라함이 새삼 놀라웠다. 다다미 여섯 장이 깔린 방에 털썩 주저앉았다. 내 책상은 형무소에서 죄수들이 만든 것으로 매우 싼값에 산 싸구려다. 그 위에 엑스선 사진이니 원고지니 하는 잡동사니가 산더미처럼 쌓여 있다. 방 반대편에는 재봉틀이 있다. 그 재봉틀 위에는 입다 만 와이셔츠의 한쪽 소매가 아래로 늘어뜨려져 있다.

"히가시야마 씨 댁은 참 멋있어요. 그런 게 문화생활이라는 거죠?"

아내가 허드레옷으로 갈아입으면서 진지하게 말했다.

"응, 문화생활이야."

"그런 생활, 우리는 평생 할 수 없겠죠?"

"그건 우리하고는 인연이 없는 문화생활이야. 히가시야마 씨는 문화를 누리는 입장이구. 그들은 문화의 소비자란 말씀이야."

"그렇다면 우리는?"

"문화를 창작하는 생활이지. 우리는 문화 생산자인 셈이지."

"정말, 그렇겠군요."

아내는 남편 말에 기분이 좋아진 듯 재봉틀 앞에 앉아 '달그락달그락' 페달을 밟기 시작했다. 나는 형무소제(製) 책상에 앉아 '라우에 반점(斑點)'에 매달렸다.

……문화의 생산 공장, 다다미 여섯 장짜리 방에 웃통을 벗은 채 머리띠를 질끈 동여 맨 원자 의학자와, 허드레옷을 걸친 디자이너가 땀을 뻘뻘 흘리며 일을 하고 있다…….

그런 아내도 죽고, 다다미 여섯 장의 방과 책상도 불에 타고, 잿더미의 바로크에 전재자 모포를 걸치고, 병상에 드러누워 있는 지금의 나……, 이런 꼬락서니를 하고서도 나는 역시 문화 생산자라고 스스로 믿는다. 지금 이 순간에도 매일 논문을 쓰고 있으니 말이다.

구두쇠

구두쇠는 세상 사람들로부터 손가락질을 당한다.

요즘은 주식(主食) 값이 올라 농민들의 주머니에 지폐가 자꾸만 흘러들어가 '일척(一尺) 축하'라는 것을 하는 모양 이다. 100엔짜리 지폐를 쌓아 높이가 한 자가 되면 가족들 이 모여 잔치를 벌인다는 것이다.

정말이지 돈 높이가 한 자나 되도록 모이기도 예삿일이 아니거니와, 그 돈을 도둑맞지 않도록, 낭비하지 않도록 하 는 일도 여간 고생이 아닐 것이다.

일척 축하가 나쁘다는 말은 아니다. 문제는 그 돈을 어떻 게 쓰느냐에 달렸다. 공공사업에 척척 낸다면 대단한 일이 다. 가난한 사람들에게 나누어 준다면 감동스러운 일이다.

그러나 고생 끝에 모은 재물을 "여기 있소, 가지시오!" 하고 선뜻 내놓지 못하는 것이 인지상정(人之常情)이다. 빌려주고자 하면 사람들이 머리를 숙이고 찾아온다. 학교에 기부하고자 하면 그 대신 육성회 간부로 뽑아준다……. 이런 구두쇠는 세상 사람들로부터 손가락질 당하기 마련이다.

하지만 세상 사람들로부터 전혀 손가락질 당하지 않는 구두쇠도 숱하게 많다. 그런 구두쇠는 사람들이 구두쇠라고 여기지도 않으며, 손가락질을 당하기는커녕 훌륭한 사람이라고 칭한다. 세상 사람들은 그런 구두쇠를 존경하고, 나라에서는 상당한 대우를 해준다.

학자가 바로 그런 구두쇠이다.

대학 교수, 연구소의 연구원, 공장의 기술자, 장서가……이들이 모두 명인들 무리에 섞여 있는 지혜로운 구두쇠다.

"그 문제라면 저 선생님에게 물어보아야 해요."

"그는 세상에 알려지지 않은 고문서를 갖고 있어."

"그의 갑작스런 죽음으로 인해 이 기술의 비밀은 무덤 속으로 묻혀버렸지."

"그 사람은 맹렬한 방사능을 지닌 신원소를 만든 모양이야."

이런 화제의 주인공은 모두가 학계의 구두쇠들이다. 지

적 재산의 수전노들이다.

사계의 권위자를 자처하면서 상아탑에 틀어박혀 서민을 깔보고, 조국의 뒤떨어진 과학 수준에 개탄을 금치 못한다며 큰소리를 치는 자. 특수한 발명을 완성하고서도 그 기밀을 쉽사리 발표하기 꺼리는 자. 학문을 팔수는 없다고 칭하면서 고의로 민중 교육을 기피하는 자. 그런 무리들이 지금 얼마나 존경을 받고 있는가?

물론 그들이 그 지적 재산을 두뇌에 축적하기까지에는 고생이 대단했으리라. 농민이 쌀 한 톨을 위해 겪는 신산(辛酸)(세상살이가 힘들고 고생스러움을 비유한 말)을 능가하는 고통이 있었으리라. 그렇지만 그 신산은 본래 인류 문화의 진보를 위해 행해진 것이 아니었던가?

모르긴 해도, 그들 역시 머리카락이 검고, 이빨이 희고, 피가 붉었던 청춘시절부터 지적 수전노를 지망해서 공부를 시작하지는 않았을 것이다.

공부의 성과가 지적 재산을 두개골의 창고에 담은 순간, 욕심이 생긴 것이리라. 권위욕, 명예욕, 우월욕, 그리고 그 지적 재산을 자본으로 삼아 한탕 해먹겠다는 물욕이, 머리카락이 세고 이빨은 검어진 민머리 속에서 불타오른 것이리라.

더군다나 그들은 아침밥을 먹은 뒤 신문을 읽으면서 농민들의 일척 축하를 비웃고 증오한다.

사실은 나 또한 지적 구두쇠의 한 사람이다. 그러나 대단한 자본을 가진 것은 아니다. 그저 빈민가에서 이잣돈을 놓을 정도일 뿐이다.

구마노 선생님

1922년 가을, 마쓰에(松江)의 초혼제 날은 비가 내리고 있었다. 마쓰에 중학교 학생들은 초혼제에 참배하느라 막 교문을 나서서 언덕길을 4열 종대로 내려가는 참이었다.

빗방울이 굵어졌으나 조금 전에 교장선생님이 전사자의 노고를 기리기 위해 우산을 펴서는 안 된다는 훈시를 했기 때문에 학생들은 고스란히 비를 맞으며 걸었다. 그 곁을 국어와 한문을 가르치는 요시가와(吉川) 선생님과 구마노(熊野) 선생님이 우산을 받쳐 들고 지나간다.

그 모습을 보고 대열 가운데에서 한 학생이 "워어!" 하고 소리를 질렀다. 구마노 선생님의 안경이 번쩍 하고 빛났다. 선생님은 느닷없이 우산을 접더니 대열을 헤치고 들어가, 그 학생을 열 밖으로 끌어내어 우산을 휘두르며 때렸다.

사건은 의외의 결과로 발전되었다. 학생들은 초혼제가 끝나자 성문 뒤 돌담 아래에 모여 선생님의 해명을 요구하기로 하고, 상황에 따라서는 파업을 벌이기로 결의했다.

　한편, 교직원 회의에서는 그 학생의 퇴학을 논의하고 있었다. 이튿날 지방신문에 이 사실이 보도되었다. 투서란에는 매일같이 선생이 나쁜지, 학생이 나쁜지 격론이 되풀이되었다. 마쓰에 중학교에서 이런 문제가 발생한 것은 학교 역사상 없었던 일이어서 졸업생 선배들까지 중재에 나섰다.

　드디어 최후의 심판이 열렸다. 선생님들이 죽 늘어선 한가운데로 문제의 학생이 나섰다.

　그는 다른 학생들로부터 결코 사죄해서는 안 된다는 다짐을 받고 있었다.

　재판장은 사감 선생님이었다. 다음과 같은 문답이 오갔다.

　"너는 그때 무슨 말을 했지?"

　"워어, 라고 했습니다."

　"워어가 무엇이지?"

　"예, 감탄사입니다."

"좋아, 알았어! 돌아가."

그로써 만사가 원만하게 해결되었다. 학생은 그 순간 일변했다. 본래 선생님으로부터 얻어맞을 만큼 물정 모르는 촌뜨기였던 그가 '좋아, 나중에 구마노 선생을 내려다볼 정도의 교육자가 꼭 되고 말거야!' 라고 결심하고는 묵묵히 공부에만 매달렸던 것이다. 그는 10년 후에 대학을 졸업했다.

그렇지만 이미 그 무렵에는 구마노 선생님에 대한 원한의 정이 감사의 마음으로 바뀌어 있었다. 그때 그 매를 맞지 않았더라면 촌뜨기 근성에서 헤어나지 못한 채 간신히 중학교를 졸업할 수준의 평범한 인생으로 마감되었을 게 분명하다.

복수를 위해서가 아니라 감사의 인사를 드리기 위해 대학을 졸업하자마자 곧장 마쓰에로 돌아가 구마노 선생님을 찾아갔다. 하지만 선생님은 이미 지난해에 세상을 뜬 뒤였다.

내가 바로 그 문제의 학생이었다.

나는 대학 교단에 서서 많은 젊은이들을 가르쳐 왔지만, 교육의 중점을 한 사람 한 사람의 가슴 속에 잠들어 있는 독행력(獨行力)을 깨우치는 것에 두었다.

내 머리는 지금도 구마노 선생님이 때린 그 일격의 아픔을 잊지 않는다. 그래서 나는 오늘도 여전히 공부를 게을리하지 않는다.

투시실

내가 엑스선 투시실에 들어서자 인품이 점잖아 보이는 노부부가 일어서며 인사를 했다. 남편이 한 걸음 앞으로 나서며 정중한 첫 대면 인사를 하더니 "아무쪼록 잘 진찰해 주십시오"라고 덧붙였다. 말을 할 때마다 하얀 턱수염이 크게 흔들렸다. 마을 수호신을 모시는 온천 신사(溫泉神社)의 신관(神官)이 시골 의사의 소개장을 들고 대학병원으로 찾아온 것이다. 소개장에 적혀 있는 사연은 대충 이랬다.

아침마다 어김없이 읊는 축문 소리가 선명하지 않아서 신도들이 이상하게 여기기 시작했다고 한다. 젊은 시절에는 대단한 미성이어서 낭랑하게 울려퍼지는 축문이 신사의 바깥으로까지 들릴 정도였던 모양이지만, 이번 가을제에서는 웬일인지 배에 힘이 들어가지 않고, 축문을 읊는 도중에 숨이 차서 낭패를 당했다.

최근에 와서 신관이 갑자기 허약해진 사실을 신도들도 알아차렸으나 필시 시절 탓이라고 여겼다. 신국(神國) 일본의 승리만을 단순하게 믿어 아침마다 일찌감치 축문을 읊으며 기원을 되풀이해 왔음에도 불구하고, 대망의 신풍(神風)이 불기는커녕 패전과 더불어 다카마가하라(高天原)(일본 신화에 나오는 하늘 위에 있는 신들이 사는 나라_역자)는 옛날이야기에 지나지 않았음이 드러나고 말았다.

황실 곁에 자리 잡고 있던 신들은 쫓겨나고, 신사에 대한 기부를 도나리구미(隣組)(전쟁 당시 국민 통제를 위해 만들었던 최말단 지역 조직. 일종의 반상회_역자)에서 모으는 것은 용납하지 않겠다는 강력한 지시까지 내려져서 신관의 영향력도 점차 쇠퇴하지 않을 수 없었다.

패전 희생자는 많았으나, 그 중에서도 신관은 특히 심했다. 왜냐하면 선조 대대로 믿어왔고, 마을 사람에게도 믿음을 안겨주었던 신체(神體)가 아무런 신통력을 가지지 못한 물체에 지나지 않음이 입증되었기 때문이다. 그것은 마치 "소생은 얼빠진 사람이었소." 하고 얼굴에 써 붙이고 있는 듯한 일이어서, 눈총이 따가워 마을길조차 제대로 걸어 다닐 수 없는 형편이었다.

정신적 타격에 못지 않게 경제적인 타격도 극심했다. 그 동안은 해마다 위에서 돈이 내려오고, 경비 일체를 마을에서 부담했으므로 비록 검소한 생활 속에서도 위엄을 지닐 수 있었다. 그러나 앞으로는 자력으로 살아갈 방도를 구해야 한다.

종교로서의 온천 신사는 과연 계속 유지가 될 것인가? 혹은 직업을 바꾸어야 할지도 모르는 판국이건만, 이럴 때 의논 상대가 되어 줄 외아들은 버마(현재의 미얀마_역자) 전선에 배치된 이래 소식마저 없고…….

신관은 빈약한 배급 생활에 차츰차츰 야위어갔다. 하지만 암시장을 기웃거릴 처지도 아니었으므로 야위는 것을 당연하게 여겼다. 그런데 다들 배고프다고 아우성을 치는데도 신관만큼은 전혀 배고픔을 느끼지 않았다. 한 그릇의 고구마 죽에 배불러 그 이상은 먹고 싶은 마음이 없었다. 그는 이것을 오랜 내핍 생활에 위장이 길들여진 결과라고 믿었다.

그래서 신도들이 "요즘은 도무지 배가 고파 견디기 힘듭니다"라고 하소연이라도 할라치면 "그게 다 정신력이 모자라는 탓이야"라며 꾸중을 했다고 한다. 무서운 위장병으로 인해 자신의 식욕이 없어진 사실을 알아차리지 못했다. 신관의 목숨을 앗아갈 위암이 그의 뱃속에서 시시각각 퍼져 가고 있었다.

오랜 세월을 함께 살아온 신관 부인은 눈치 채고 있었다. 식사 후 식탁에 음식을 남기는 일이 늘어난 사실, 즐겨 먹던 음식이 변한 사실…… 예삿일이 아니었다. 부인은 결심을 하고 어느 날 아침, 거울을 남편의 손에 쥐어주었다. 신관은 자신의 얼굴을 살폈다.

야윈 사실이야 이미 알고 있었지만, 은근히 뽐내던 하얀 수염까지 윤기를 잃고 잿빛으로 흉하게 변한 모습을 보고는 깜짝 놀랐다. 그는 당황하여 팔목을 살폈다. 피부에 기름기가 없어 마치 뱀의 허물을 씌워 놓은 듯이 거칠거칠했다.

시골 병원의 진료실에 나타난 신관은 "나로서는 아무데도 나빠지지 않은 것 같습니다만……" 하고 말했다. 시골 의사는 손가락 끝으로 신관의 뱃속에 숨겨져 있는 바위와 같은 덩어리를 이내 찾아내었다. 그렇지만 곧장 "당신은 위암입니다"라고 선고할 수는 없는 노릇이었다.

"위가 약간 나빠졌군요. 약을 좀 지어 드리지요. 빠트리지 말고 드시도록 하세요. 그리고 몸이 많이 약해졌으니까 지금부터 당장 영양가 높은 음식을 섭취하도록 하셔야겠습니다"라고 권했다. 신관은 시골 의사의 '지금 당장'이라는 말이 얼마나 무서운 선언인지도 모르고, 위장약을 받아들자 밝은 표정으로 신사로 돌아갔다.

부인은 남편이 들려주는 진찰 결과가 아무래도 납득이 가지 않아 혼자서 시골 의사를 찾아갔다. 그 자리에서 부인은 위암, 수술 불능, 남은 목숨이 앞으로 100일, 이미 늦어 이제는 죽음을 기다릴 수밖에 없다……는 뜻밖의 선고를 받았다. 본인에게 병명을 알리면 정신적인 충격으로 죽음을 재촉할 뿐이니까 끝까지 숨기자는 이야기였다.

제발, 버마에서 아들이 돌아올 때까지 만이라도 살아주었으면…… 하고 부인은 바랐다. 하지만 온천 신사에 아무리 기원을 올려보았자 먹혀들 리 없다는 사실이 밝혀진 지금으로서야 빌어볼 마음조차 안 났다.

병원 문을 나서서 저녁 바람이 부는 거리를 터벅터벅 걸어가는 부인에게 갑자기 누군가가 말을 걸어왔다. 깜짝 놀라 얼굴을 들어보니 귀환병(歸還兵), 더군다나 버마에서 아들과 같은 부대에 근무했던 청년이었다. 부인은 귀환병의 굳은 표정을 물끄러미 쳐다보면서 덜컥 가슴이 내려앉는 예감이 들었다.

그가 입을 여는 것이 무서워져 어디론가 달아나버리고 싶었다. 청년은 몇 번이나 입을 열려다 말고 망설였다. 부인의 얼굴은 차츰 굳어지고 있었다. 청년의 눈에서 한 줄기 눈물이 흘러내렸다. 그로써 부인은 모든 사실을 알아차렸다.

앞으로 석 달밖에는 더 살지 못하는 남편에게는 아들의 전사를 알리지 말자. 어차피 저 세상으로 가면 만날 테니까……. 부인은 순간적으로 이렇게 마음을 정하고 청년에게도 입을 다물어 달라고 부탁했다. 그리고 촌장 댁에 들러 관공서에서 전보가 오더라도 그냥 있어 달라고 당부했다. 하지만 이런 이야기는 결국 알게 된다.

신관이 죽을병에 걸렸다는 사실과 아들마저 전사했다는 소식은 순식간에 온 마을에 알려졌다. 그래도 본인에게만은 그 사실을 숨기려 안간힘을 쓰는 부인의 마음고생은 이루 말로 다 할 수 없었다. 누군가가 한마디만 하게 되는 날에는 만사 끝장인 것이다. 어딘가에서 한 장의 위로 편지만 전해져도 끝장이다.

신관도 듣는 귀와 보는 눈은 갖고 있다. 더군다나 아직 움직일 수 있으므로 어디라도 나다닐 수 있다. 부인은 사방팔방으로 끊임없이 신경을 써서 소식이 전해지지 않도록 애를 썼다. 손님이 찾아오면 집안으로 들어오기 전에 현관에서 살짝 입을 다물어 주기를 당부했다. 편지나 엽서가 올 만한 시간에는 문 앞에서 지키고 서 있다가 내용을 살펴본 다음 신관에게 건네주었다.

남편이 찾아갈 만한 곳에는 부인이 미리 가서 입을 다물어 주도록 다짐했다. 부인 스스로도 마음의 눈물이 바깥으로 드러나지 않도록 애써 웃음을 지어야했다.

부인은 이 같은 신경전에 너무나 지쳐 있었고, 안색은 급속도로 나빠졌다.오랜 세월 함께 살아온 신관이 그걸 모를 리 없었다. 어느 날 아침, 그는 자신의 손거울을 부인에게 건네주었다. 부인은 자신의 안색이 형편없음을 알았으나 "병이 아니라 아마도 정신적인 피로 탓일 거예요"라고 얼른 둘러댄 뒤 가슴을 쓸어내렸다.

단순한 성격의 신관은 그 말의 뜻이 생활고를 뜻하는 것으로 알아들었다. 그래서 부인의 기운을 북돋우어 주느라 흰 수염을 쓰다듬으면서 한바탕 웃고는 말했다.

"이제 조금만 더 참으면 되요. 버마에서 아이가 돌아오면 곧장 며느리를 본 뒤에 우리는 국화나 기릅시다."

부인은 가슴 깊숙한 곳에서 울컥 치밀어 오르는 뜨거운 것을 억누르고, 나오지 않는 목소리를 간신히 짜내어 남편의 웃음소리에 맞장구를 쳤다.

며칠 후, 신관은 부인을 데리고 마을 병원 진찰실에 들어섰다. 마을 의사는 "부인은 아무데도 나쁜 곳이 없습니다만……" 마을 의사의 청진기는 부인 몸에서 아무런 이상을 발견하지 못했다. 그러나 신관은 납득하지 않았다. 그 순간 의사는 오래 전부터 무슨 기회가 생기면 신관을 대학병원에 보내서 한번 진찰을 받게 하고 싶었는데, 이번이 절호의 기회라 생각했다.

시골 마을에서는 병자가 죽었을 때 "그 사람은 대학병원에까지 가서 치료를 받았지만 소용이 없었다"는 말 한마디면 모두가 수긍했다. 다만 당사자가 죽을병에 걸렸다는 사실을 눈치 채지 못하게 하여 대학병원으로 보내려면 기교가 필요했다. 그래서 의사는 '이때다' 하고 신관에게 슬그머니 권유했다.

"부인이 겉보기에는 별다른 이상이 없습니다만, 어떻습니까? 한번 대학병원으로 가서 엑스선을 찍어 자세히 진찰을 받아보시는 것이…… 그리고 겸사겸사 신관께서도……"

이렇게 해서 신관 부부는 나의 진찰실로 찾아온 것이었다. 나는 우선 신관 쪽을 관심 있게 투시했다.

전등이 꺼진다. 깜깜한 투시실. 엑스선 스위치를 넣는다. 번쩍하고 파랗게 빛나는 형광판. 그 위로 인체의 비밀이 순간적으로 찍혀 나온다. 한눈에 알아볼 수 있는 위암. 마을 의사의 진단에 조금도 틀림이 없었다.

투시는 금방 끝나고 전등이 켜진다. 투시대에 선, 뼈가 드러난 정도로 야윈 신관의 육체는 절벽에 위태위태하게 선 노송(老松)을 연상시켰다. 앙상하게 늘어뜨려진 소나무 가지를 닮은 흰 수염에, 마시다가 흘린 듯 바륨이 묻어있는 모습도 처량하게 느껴졌다. 노송은 절벽을 내려와 장판 바닥에 섰다. 촬영하느라 벗은 남편의 속옷을 가슴에 품은 채 묵묵히 있던 부인이 신관 뒤에 서서 정성스레 입혀주었다.

나는 그 모습을 보며 머지않아 떠날 남편을 보살피는 부인의 마음을 읽을 수 있었다.

"어떻습니까?"

신관이 태연히 물었다.

"에에……"

나는 망설였다.

대학은 진리를 가르치는 곳이다. 여기서는 거짓말을 해서는 안 된다. 하지만 지금 아무런 눈치를 채지 못하고 태연하게 하오리(전통적인 일본식의 겉옷_역자)의 매듭을 묶고 있는 늙은 신관에게, 내가 무슨 말을 해주어야 한다는 걸까? 하오리의 깃을 바로 세워주면서 신관의 어깨 너머로 나를 쳐다보는 부인의 눈은 '제발 부탁드립니다, 제발 부탁드립니다.' 하고 애원하고 있었다.

신관이 천연덕스럽게 물었다.

"별일 없겠지요? 마을 의사 선생도 그렇게 말씀하시던 걸요. 설마 위암 따위는 아니겠지요?"

"예."

나는 간신히 혈로(血路)를 열었다.

"마을 의사의 의견 그대로입니다."

"그럴 테지요. 마을 의사 선생이 지어준 약도 잘 듣는 듯합니다만……."

신관은 안심하고 발걸음마저 단정히 투시실을 걸어 나갔다.

그 다음 부인을 투시해보니 역시 마을 의사의 견해 그대로였다. 별다른 이상은 없었으며, 피곤한 탓이었다. 진찰을 마치고 옷매무새를 고친 부인이 그래도 마지막 희망을 내 입으로부터 듣고 싶은 듯 남편의 상태를 물었다.

나는 이번에는 분명히 진상을 밝혔다.

"앞으로 한 달이 지나면 음식을 먹지 못하고 식물인간 상태가 될 것입니다. 그리고 극심한 통증이 찾아오고, 피부가 황색으로 변하면 마지막으로 여겨야 합니다. 최후 이삼 일은 잠에 푹 빠진 채 성냥불이 꺼지듯 조용히 이 세상을 떠날 것입니다."

부인은 걸상에 움츠리고 앉아 얼굴을 들지도 못하고 듣고만 있었다. 눈물이 쏟아질까봐 손에 손수건을 쥐고 있었지만, 마지막 희망의 실마저 끊어져 만감이 교차하는지 눈물도 나오지 않는 모양이었다. 그보다도 부인은 신사라고 하는 일본 예도(禮道)의 본가에서 살아온 여자인지라 자제력을 잃은 모습은 보이지 않았다. 부인은 시간이 한참 흐른 뒤에 조용히 일어나 다소곳이 인사를 한 뒤, 남편이 기다리는 환자 대기실로 갔다.

나는 그냥 그대로 투시실에 남아 너무나도 비참한 신관 일가의 운명을 생각했다. 일본은 졌으나 국민은 민주 국가의 재건이라는 새로운 목표를 향해 새로운 용기와 희망을 품고 새로운 걸음을 내디디려는 마당에, 이 온천 신사의 일가족은 신국 일본의 허망한 꿈과 더불어 멸망해 가는 것이다. 더구나 그 책임은 이들 일가의 누구에게도 없었다.

아마도 신관의 일생 또한 날마다 그가 입는 하얀 예복처럼 깨끗했었고, 죄와 부정은 언제나 말끔하게 떨치고 씻어 왔음에 틀림없다. 버마로 간 아들만 하더라도 전차(戰車)에 뛰어들어 죽었다고 하니, 순진무구한 인간이었으리라. 이렇게 선량한 일가족을 이다지도 엄청난 역경에 빠트린 자는 도대체 누구란 말인가? 남편은 죽음으로, 아들의 뼈는 돌아오지도 않는다. 부인은 늙은 몸을 황폐해져가는 신사 한 구석에 움츠린 채 앞으로 몇 해를 더 남편을 속이고, 아들을 속이고, 일본을 속인 저 8백만의 신(일본 각지의 신사가 저마다 모셔놓은 신의 숫자_역자)들을 한탄하고 저주할 것인가. 그렇지만 백만의 신들은 실재하는 것이 아니라 애당초 가공의 상상신(想像神)이다. 그녀가 원망하지 않으면 안 될 상대는 진리를 구하려는 용기가 없었던 일본인 자신이다.

　나는 조금 전에 부인이 앉아 있던 의자를 바라보았다. 의자는 흡사 경문 읊는 소리가 사라진 온천 신사처럼 쥐 죽은 듯 고요히 그 자리에 있었다. 그리고 의자 앞바닥에 하얀 물건이 떨어져 있었다. 그 물건을 주워서 보니 부인의 손수건이었다.

　감정을 겉으로 드러내지 않고, 움쭉달싹도 않은 채 꾹 참고 견딘 일본 여성의 강인함은 약간 반감마저 불러일으켰다. 하지만 손에서 손수건이 떨어진 사실조차 알지 못할 만큼 그녀의 마음은 걷잡을 수 없이 울부짖고 있었던 것이다. 나는 손수건을 건네주며 한마디 더 충심으로 위로해 주고 싶은 마음으로 환자 대기실 문 쪽으로 다가갔다.

　바깥으로 이야기가 새어나왔다. 신관의 목소리만이 뜸을 들였다가 다그치듯이 들려왔다. 부인 쪽은 대꾸도 하지 않고 그저 흐느껴 우는 모양이었다.

　"이봐, 걱정하지 말라니까. 임자도 별다른 병이 아니었지? 응? 선생님이 그러시지 않던가? 응, 왜 울어? 전혀 울 일이 아니잖은가. 자, 힘을 내요, 힘을. 임자는 옛날부터 마음이 너무 약해. 신경쇠약이라는 말 한마디에 그렇게 울다니,

이상하잖아! 음, 역시 그만한 일로 우는 것도 그놈의 신경쇠약 탓임에 틀림없어. 나를 봐, 나를. 정신력이라니까. 응, 임자가 그렇게 걱정한 위장병도 별일 아니라고 박사님이 보증해 주셨다니까. 이제 괜찮아. 엑스선으로 뱃속 구석구석까지 죄다 훑어보았으니까 말이야."

신관은 끊임없이 병도 없는 부인을 위로하고 있었다. 부인은 그런 남편을 위로할 수도 없다.

"알았어요. 힘을 낼게요."

이윽고 그녀가 대꾸를 했다.

"그럼, 그렇지, 그래야지. 힘을 내요. 우리 둘 다 아직 죽을 수 없으니까. 자식의 무사한 얼굴을 볼 때까지는 말이야."

"……"

나는 슬그머니 뒤돌아섰다. 손수건은 간호사에게 맡겨 나중에 부인에게 보내도록 일러야겠다고 생각했다.

스물일곱 조각의 일기

2부

스물일곱 조각의 일기

발뒤꿈치

미쓰야마(三山) 구호소 일이 마무리되어 10월 15일에 우라가미의 폐허 더미로 되돌아왔다. 죽은 아내의 사촌들이 임시 거처를 세워 우리 가족도 거기서 함께 지내기로 했다. 사촌들은 두 가구인 다섯 명이었고, 우리 가족은 네 명으로 모두 아홉 명이었다.

임시 거처의 넓이는 한 평 정도, 그러니까 4제곱 미터였다. 밤에 잘 때에는 생선 상자에 넙치를 채워 넣듯이 다들 겹쳐 누웠다. 한 사람이 머리를 위쪽으로 하면 그 다음 사람은 다리를 위쪽으로 하는 식으로 잘 수밖에 없었다. 그러다

보니 옆 사람의 까칠까칠한 발뒤꿈치가 뺨을 문지르기도
했다. 그 감촉은 살아남은 자들끼리의 친밀감을 생생하게
일깨워 주었다.

못 구멍

우리 가족이 살고 있는 임시 거처는 통나무와 널빤지, 함석과 꺾쇠, 그리고 못으로 만들어졌다. 1미터 50센티미터 정도 높이의 돌담을 그냥 그대로 버팀벽으로 이용하고, 통나무를 꺾쇠로 엮은 다음 함석을 얹고 못을 박은 것이다. 모든 재료가 여기저기서 주워 모은, 불에 타다만 것들이었다.

널빤지 바닥에 올이 거친 배급 모포를 깔고, 입구에만 판자문을 달아놓았다. 창문이 없어 문을 닫으면 캄캄했고, 그렇다고 문을 열면 추웠다. 입구가 동쪽을 향하고 있어서 문을 열고 머리를 한껏 숙여야 바라보이는 북쪽과 남쪽은 함석판, 정면은 돌담이 바로 보였다. 돌담에 뚫린 구멍에는 전재(戰災) 증명서와 연필 따위가 꽂혀 있었다. 천장은 달랑 함석 한 장이었다. 그마저도 고물이라 온통 못 구멍이 나 있었다. 그것은 달밤이면 마치 별이 빛나는 하늘처럼 아름다웠다.

불씨

11월 말부터 늦가을비가 내렸다. 집 입구 바깥쪽에 돌을 쌓아 임시로 아궁이를 만들었는데, 덮개를 씌우지 못해서 빗방울에 땔나무와 탄(炭)이 젖어서 불이 붙지 않았다. 성냥 구하기가 여간 어렵지 않기 때문에 불씨를 꺼트리면 큰일이었다.

육체적으로 운다. 뺨을 타고 내리는 차가운 것이 늦가을 빗방울이요, 따뜻한 것이 눈물이었다. 그렇게 처연하게 빗속에 쪼그리고 있었더니 건너편 언덕의 방공호에 사는 처녀가 횃불을 힘차게 흔들며 달려왔다.

이윽고 아궁이 아래에서 기세 좋은 소리와 함께 불길이 솟구치자, 집 안에 있던 딸 가야노가 박수를 쳤다. 건너편에 사는 아가씨는 빗속에 목을 잔뜩 움츠리고 되돌아 달려갔다.

고사리

　원자폭탄의 흔적이 다른 폭탄의 흔적과 다른 점 가운데 하나는 가는 곳마다 똑같은 두께의 재와 파편과 타다 남은 기와조각이 차곡차곡 쌓여있다는 사실이다. 토담 창고나 수목(樹木)이 여기저기 남아있거나, 밭이 고스란히 그대로 있는 곳이 없다. 창고였던 흔적도 밭의 흔적도 공평하게 잿더미로 15센티미터쯤 덮여있다. 폭압(爆壓)으로 만물이 거세게 눌려 바스러지고, 그 가루가 폭심(爆心)에 생겨난 진공으로 빨려 올라갔다가, 그 일대에 온통 떨어져 내려 쌓인다. 가벼운 것들은 상공 높이 숫구쳐 터무니없이 먼 곳까지 서풍에 실려 간다. 나에게 온 엽서가 동쪽으로 10킬로미터나 떨어진 마을에 사는 친구 집 정원에 펄럭펄럭 떨어지는 바람에, 친구는 우리 집이 당했다는 사실을 알았다고 한다.

　우리 집이 있던 자리 부근에는 고사리가 수없이 많은 새싹을 틔웠다. 이것은 서쪽의 이나사(稻佐) 산에 있던 포자(胞子)가 날아온 것이리라. 사람 살던 동네가 사라지고 두루뭉술해진 언덕에 자라난 고사리를 보니 마치 들판처럼 보인다.

보리

보리도 가는 곳마다 싹을 틔웠다. 이 역시 집집마다 비축해 두었던 것이 날아왔으리라. 떨어진 곳이 잿더미 위였다. 어떤 것은 타버렸겠지만, 어떤 것은 비료가 충분하므로 잘 자라났다. 11월 말경, 보리 파종을 하려고 해도 씨앗이 없어서 이 자연생 보리를 이식했다. 그 무렵 이미 키가 수십 센티미터 자랐다. 빨리 발아하여 빨리 성장하니깐 열매도 빨리 맺겠지 기대하고 있었지만, 역시 시기가 되지 않으면 여물지 않는가 보다.

다른 보리도 마찬가지로 늦은 봄까지 기다려서야 비로소 한꺼번에 꽃을 피웠다. 풍매화라 불리는 보리는 제 마음대로 연애를 하지 못하는 듯하다. 보리의 줄기나 잎의 성장은 놀랄 만큼 좋았으나 알이 작고 수확도 적었다. 잔존 방사능의 영향이 아닐까 여겨졌다.

접시

   황량하게 그을린 폐허에서 눈길을 잡아끄는 것은 잿더미 속에서 반짝반짝 햇빛을 반사하고 있는 접시와 찻잔 조각이었다. 하얀 바탕에 색깔조차 선명한 옛 이마리(伊万里) 가마(窯)의 도자기, 붉은 그림이 그냥 그대로 남아있는 모양이 가슴을 아프게 한다. 구타니(九谷) 가마의 사발이 둘로 쫙 쪼개져 칠복신(七福神)이 한쪽에는 둘, 다른 한쪽에는 다섯으로 갈라진 채로 변함없이 빙글빙글 웃고 있었다. 가키에몽(柿右衛門) 도자기에 그려진 홍시가 불에 타 곶감처럼 되기도 했다. 또 하기(萩) 도자기의 얇은 찻잔에 발라진 유약이 녹아 도리어 재미있는 모양으로 변하기도 했다.

   잿더미 위에 앉아 깨어진 물건들을 주워들고 '망해버린 것의 아름다움이여!'라며 질리지도 않고 놀았다. 이들 하나하나가 다 지난 날 우리 집의 단란했던 추억들을 떠올리게 해주었다. 나는 아내가 날마다 사용하던 하자미(波佐見) 도자기 밥그릇을 열심히 찾아보았으나 눈에 띄지 않았다. 설령 찾아냈다 하더라도 이내 땅 깊숙이 묻어버렸으리라.

재

우리 집이 있던 자리를 정리했다. 어느 날부터인가 집에 갈 때마다 비가 내렸던지라 재가 굳어 있었다. 재에도 여러 가지가 있다. 서재가 있던 자리에는 하얀 재와 검은 재가 수북하게 쌓여 있다. 아마도 종이 재질에 따라 다른 것이리라. 검은 재에는 아직도 타다만 종잇조각이 형체를 유지하고 있는 것도 있었는데, 거기에 "조릿대 잎은 깊은 산 콩깍지에게 떠들어대건만, 내 아무리 헤어진 누이를 떠올려도 돌아오지 않네"로 읽히는 글씨가 남아있었다. 손바닥 위에 올려놓고 읽고 있자니, 난데없이 바람이 불어와 아내를 그리는 마음마저 산산조각 흩날려버리고 말았다.

훈장

잿더미 속에서 훈장과 휘장이 나왔다. 무공훈장인 금솔개(金鳶) 훈장은 구깃구깃 모양이 구겨지고, 붉은빛과 자줏빛의 칠보 역시 볼품없이 망가졌으며, 윗부분에 새겨진 금색 솔개는 통닭구이처럼 변하고 말았다. 게다가 단보장(端寶章)이 훈장 뒷면에 달라붙어 있어서 마치 추워서 벌벌 떨면서 서로 몸을 비비고 있는 고아처럼 여겨졌다.

욱일장(旭日章)은 한가운데의 붉은 태양이 사라지고 큰 구멍이 뻥 뚫려 있었다. 2개의 종군휘장(從軍徽章) 역시 그것이 꿈속의 일이었던 양, 구리 덩어리로 되돌아가 버렸다. 젊은 시절, 나는 이따위 물건들을 가슴에 주렁주렁 달고 으스대며 돌아다녔다. 그것이 잘못된 일이었다거나 바보 같았다는 뜻은 아니다. 그 같은 이 세상 명예에 만족하고 있었던 나의 치졸함을 가련하게 여길 따름이다.

그리고 가령 이 금솔개 훈장만 해도 그렇다. 퍼붓는 총탄을 무릅쓰고 많은 부상병을 치료한 공으로 받았지만, 진정 그것이 숭고한 사랑으로 부상병을 도운 결과로 받은 것인

가? 혹시라도 훈장을 받기 위해 부상병을 치료하지나 않았
나 하고 스스로 경계하는 마음을 품게 된다.

십자가

집터 북동쪽 모서리의 잿더미를 조심스레 파헤치면서 결국 찾아냈다. 우리 집 제단에 모셔두었던 십자가를……. 나무로 된 부분은 타버렸지만, 청동으로 된 그리스도만은 원래 모습 그대로 남아있었다.

이것은 도쿠가와(德川) 막부가 그리스도교를 탄압하던 시대부터 비밀리에 전해져온 유서 깊은 십자가다. 나는 재산을 송두리째 잃어 버렸지만, 이 십자가 하나만큼은 잃지 않았다.

꽃

　가야노가 "아빠, 꽃이야. 꽃이 피었어요!"라면서 내 손을
끌었다. 녀석이 이끄는 대로 지팡이를 짚고 밭으로 나가보
았더니, 기와 조각이 흩어져 있는 한쪽 구석에 나팔꽃 한
송이가 피어 있었다. 옥색의 꽃은 너무나도 선명해서 그만
나도 모르게 그 자리에 무릎 꿇고 창조주의 마음에 감사했
다. 황량한 폐허 속에서 처음으로 보내진 아름다운 선물이
었다.

거목

집 뒤뜰에 커다란 팽나무가 있었다. 가지가 집을 덮을 만큼 넓게 퍼져서 그 나이가 300년이나 되는 것으로 전해져왔다. 그런 큰 나무가 지금은 그루터기 위가 싹둑 잘려 거대한 밑동만이 남았다. 달이 바뀌고 비가 몇 날 밤 내렸건만 거목은 끝내 싹을 틔우지 못했다. 시든 거목의 뿌리 언저리에는 나팔꽃이 무심히 피어 있었다.

5전

원자폭탄이 떨어져 뛰쳐나왔을 때, 내 방공의(防空衣) 주머니에는 5전짜리 동전 한 닢이 들어있었다. 그것이 내 전재산이었다. 그림엽서 한 장을 간신히 구할 수 있었던지라 거기에다 피폭 사실을 적어, 아마구사(天草)로 돌아가는 간호사에게 5전짜리 동전과 함께 주면서 고향으로 우송해 달라고 부탁했다. 그림엽서를 받아본 내 사촌이 곧장 위로금 100엔을 보내왔다. 그 무렵 내 월급이 100엔이 될까 말까 했으니까 예사 액수가 아니었다.

성모 기사수도원(騎士修道院)의 폴란드인 신부님이 연금이 풀려 아소(阿蘇)에서 돌아왔다. 나는 100엔을 송두리째 수도원에 헌금했다. 그로부터 한 달여, 수도원도 겨우 안정을 되찾아 나에게 성서 한 권과 성모상을 보내주었다.

십자가는 기둥에 걸려있고, 이제 더 이상 아무것도 필요 없다. 감사 기도를 올리고 있자니 우주의 부(富)를 몽땅 손에 넣은 듯한 기분이 들었다.

사촌에게는 하느님이 100엔을 돌려주시리라.

식량

폭풍이 휩쓸고 간 밭 위를 기와 조각들이 뒤덮었다. 호박과 동아 등이 여기저기 나뒹굴고 있었다. 어느 밭에서 날아왔는지 알아낼 길이 없다. 내 밭에 뒹구는 것은 내 것으로 여기기로 했다. 호박을 다 먹은 뒤에는 고구마를 파냈다. 고구마 줄기는 죄다 뜯겼는데도 되살아나 있었다. 그러나 어느 결에 군인충(軍人蟲)이 생겨 잎을 다 갉아먹어 버렸다. 군인충이라는 벌레는 러일 전쟁이 끝나자마자 한번 나타나 농작물을 휩쓸었다고 한다. 길이가 3센티미터밖에 되지 않으며, 우충(芋蟲)과 닮았고, 검은색 몸통 양쪽에 노란 선이 한 줄씩 그어져 있다. 그것은 러일 전쟁 시절 군인들이 입었던 바지를 연상시키는 벌레였다.

어렵사리 자라난 푸르고 무성한 잎을 이 녀석들이 죄다 갉아먹었다. 게다가 잔존 방사능의 영향도 있어서 고구마는 평년작의 10분의 1조차 거두지 못했다. 하지만 우리는 굶주림을 면했다. 주민들 대부분이 죽었기 때문에 얼마 되지 않는 고구마도 살아남은 우리가 먹기에는 충분했다.

유령

　원폭이 투하된 폭심지(爆心地)에 유령이 나온다는 소문이, 이곳에서 멀리 떨어진 동네에서 나돌고 있었다. 하기야 뼈를 차곡차곡 쌓아둔 곳이나 다름없는 곳이니, 소문이 나돌지 않는 것이 도리어 이상한 일일지도 모른다. 하지만 정작 폭심지에서는 그런 소문이 전혀 없었다. 그 또한 당연한 일, 여기는 미신을 숫제 모르는 가톨릭 지역이다. 만약 이곳이 이교도의 마을이었더라면 괴담이 무성하게 떠돌지 않았을까.

　'우라가미를 밤중에 거닐면 여자가 흐느껴 우는 소리가 들린다' …… 이것이 세상에 나도는 소문이었다. 나는 밤중에 일부러 불에 탄 폐허를 거닐어 보았다. 한겨울 달이 푸르게 비쳐 오슬오슬한 곳, 정말이지 당장이라도 유령이 뛰어나올 것만 같은 분위기였다.

　그러나 아무리 귀를 기울여도 흐느껴 우는 소리는 들려오지 않았다. 자취마저 흐릿한 마을을 천천히 한 바퀴 돌았다. 이 일대는 일가족이 전멸당한 집들뿐이었다. 차가운 겨울바람이 항구 쪽에서 세차게 불어와 나도 모르게 고개를 움츠렸다. 그러자 '흐윽', '흐윽' 하는 흐느낌이 들려왔다.

나는 엉겁결에 발걸음을 멈추었다. 동쪽은 대학 구내로, 해부실이 늘어서 있던 곳이다. 서쪽에서 고목이 달빛을 받아 해골처럼 하얗게 빛을 뿌리고 있다. 내 발목 언저리에서 '흐윽' 하며 홀로 흐느끼는 소리도 있고, 멀리 떨어진 곳에서 몇 사람이 함께 모여 흐느끼는 소리도 있다. 어른의 흐느낌도 있다. 아이들의 목소리도 뒤섞인다. 목이 메어 우는 소리도 있다. 임종의 마지막 숨을 거두는 듯한 소리도 있다.

이 부근은 대학촌이어서 주로 조교나 연구원들의 가정과 학생들의 하숙이 있었다. 그 사이사이에는 담배와 우표를 파는 가게와 겨울에는 귤, 여름에는 무를 파는 가게들이 있었다. 엽서를 사러 가면 가령 단 두 장을 사도 3번씩 세어본 다음에야 무뚝뚝하게 건네던 독신인지 유부녀인지 알쏭달쏭한 피부 빛이 흰 여성, 온종일 셰퍼드를 훈련시키던 셰퍼드조차 두려워할 고약한 인상의 덩치 큰 사나이, 언제 지나쳐도 항상 피아노를 치고 있던 부잣집 아가씨, 제 아무리 급한 환자가 들이닥쳐도 절대로 뛰는 법이 없던 나막신을 신은 늙은 의사…… 그들을 떠올렸다.

그네들의 뼈가 지금 여기서 달빛을 받고 있다. 추억에 잠겨 계속 거닐자니 흐느낌은 급기야 통곡으로 바뀐다. 피부가 흰 여자는 엽서를 세면서 죽었을지도 모른다. 덩치 큰 사나이는 자신의 몸으로 그 소중한 셰퍼드를 감싼 채 죽었으리라. 부잣집 따님은 피아노의 현이 잘려나가는 소리를 어렴풋이 들었을까. 늙은 의사 선생은 구호소로 출근해야 한다면서 성화를 부리다가 불길에 휩싸였으리라……

항구에서 불어오던 바람이 '뚝' 그쳤다. 내 뺨이 순식간에 따뜻해졌다. 등줄기도 따뜻해져 나는 간신히 안정을 되찾았다. 그리고 멈춰 서서 다시금 부근을 둘러보았다. 달빛이 기와 조각이 널린 폐허를 허옇게 비추고 있었다. 흐느낌도 뚝 그쳐 있었다.

나는 폐허 속으로 더 깊숙이 발을 디뎠다. 아무것도 없었다. 아무 소리도 들리지 않는다. 그렇다면 흐느낌은 내 마음의 미혹이었단 말인가? 또다시 항구에서 바람이 불어왔다. 여기는 언덕 위이므로 바람은 접선(接線) 방향으로 빠져나간다. '흐익', '흐익', 흐느낌이 또다시 발 언저리에서 생겨났다. 나는 몸을 구부렸다.

기와 조각이 울고 있었다. 기와 조각이 계속 쌓여 헝클어지면 가느다란 틈새가 많이 생긴다. 그 틈새를 바람이 빠져나갈 때 피리처럼 약한 소리를 낸다. 그 같은 음파가 여럿 모이고, 파동이 겹쳐지면서 흐느껴 우는 듯이 들려왔을 따름이다.

기와 조각이여, 울어라! 이 부근은 일가족이 전멸한 곳뿐이어서 죽음을 애도하여 울어줄 사람마저 남아있지 않다. 기와 조각이여, 부디 뼈 곁에 함께 있으면서 울어다오!

모닥불

마을이 사라져서 옛 언덕에 올라가니 거리가 반으로 줄었다. 건너편 언덕의 임시 가옥에서 새어나오는 저녁 기도 소리를 들으니, 할아버지 목소리와 아이 목소리를 구별할 수 있을 정도이다. 거기에 맞추어 이웃 사람들이 함께 모여 내 임시 주거에서도 기도를 시작했다. 그럭저럭 한 가족이 된 듯싶다.

밤이 되면 모닥불이 여기저기에서 피어오른다. 그곳에서 두런두런 이야기를 나누는 소리가 들려온다. 흡사 신화시대로 돌아간 것처럼 사람이 그립다.

귀환병(歸還兵)

건너편 언덕에 귀환병(歸還兵)이 나타났다. 커다란 배낭을 등에 지고, 휘청휘청 걸어와 멈춰서더니 주위를 두리번거리다 다시 약간 앞으로 나아가 그곳을 살핀다. 이윽고 무언가 표적이 될 만한 정원석이라도 발견했는지 부리나케 몇 걸음을 달려가 땅바닥을 물끄러미 응시하더니 '으아!' 하는 울먹임과 함께 배낭을 짊어진 채 그 자리에 털썩 주저앉고 말았다. 한동안 움쭉달싹도 하지 않았다.

판잣집 사람들은 누구나 그 광경을 바라보고 있으면서도 누구 한 사람 나서지 않았다. 그 사람을 부르려 해도 슬픔에 목이 메어 목소리가 나오지 않는 것이다.

저 사람은 야마다(山田) 씨야! 남방 전선에서 이제야 돌아온 사람이지. 가족이 전멸당한 사실조차 몰랐을 테지. 죽을 각오로 전선으로 나갔던 사람만이 저렇게 살아 있고…….

"애당초 전쟁을 벌이지 말았어야 했는데!"

특공대에 근무하다 살아 돌아온 이웃 사람이 중얼거리는 소리가 들려왔다.

꽃의 날

"길을 가다가 이런 걸 억지로 샀어."

"뭔데?"

"꽃의 날의 꽃이야. 시청에서 펼치는 귀환자 구호자금 모금이래. 2엔이야. 이재민이니까 사지 않아도 상관없지 않느냐면서 잇달아 세 사람이 그냥 가버렸어. 내가 네 번째라서 그냥 사주었어. 이재민이라는 이야기를 하기조차 성가시고."

"그래? 그렇다면 나도 거리에 나가 사주어야겠는걸!"

"아니, 오빠. 집을 새로 지으려고 한 푼 두 푼 모으면서?"

"응, 그래. 그러니까 우리처럼 돈이 필요한 사람들 생각도 해주어야지."

가난

"이거 원, 완전히 빈털터리가 되었지요, 하하하하하."

나는 오늘도 역시 방문객에게 이렇게 말했다. 이것이 요즘 나의 자만(自慢)처럼 되어버렸다. 이 자만은 "나는 백만장자다"라고 뽐내는 것과 한 치도 다름없는 똑같은 근성이다. 단지 부호가 플러스와 마이너스로 차이가 날 따름이다.

가난함을 자랑한대서야 청빈(淸貧)이 아니라 탁빈(濁貧)이다. 탁빈은 가난을 방패삼아 사회적 책임을 회피하려는 짓이니까 부자보다 훨씬 더 나쁘다.

앞이 보이지 않는 사람

가야노가 누군가로부터 유행성 결막염을 옮아왔다. 그저께는 눈을 씀벅거리면서 비비더니, 오늘 아침에는 눈곱이 많이 끼고 눈이 충혈되고 말았다. 오빠 바코토는 집 안이 으슬으슬 추웠던지, 가야노 손을 잡고 햇볕이 잘 드는 우물가로 가고 있었다. 그러나 가야노는 갑자기 앞으로 못 보게 될 불안감에 발걸음이 불안했다.

기와나 벽돌 조각에 걸려 넘어지면 어쩌나 하고 조마조마하게 바라보고 있자니 마치 일부러 그러는 것처럼 발걸음을 옮길 때마다 걸려 비틀거렸다. 황량한 폐허 위를 어린 오빠의 손을 잡고 가는 모습을 지켜보노라니 불현 듯 광둥(廣東)에 사는 눈먼 여동생이 떠올랐다.

가야노는 우물가 바위에 허리를 걸치고 "이봐, 이봐. 삼나무야 어서 일어나라!"라며 목청껏 노래를 불렀다. 두레박을 바라보며 노래를 부르고 있었다. 가야노는 자신의 노래를 눈앞에서 듣고 있는 것이 두레박이라는 사실조차 몰랐다. 입을 크게 벌리고 계속 노래를 불렀지만, 눈이 있는 듯

없는 듯 가느다란 한 줄기 선처럼 보여 무표정이었다. 마치 차가운 석상 같았다.

　나는 광둥에 사는 누이를 떠올린다. 우물가에 걸터앉아 물 길러 오는 사람들의 발걸음 소리가 다가오면 노래를 부르기 시작하던 그 어리고 눈먼 누이를……

주거

　주택 재건은 먼저 방공호 생활에서부터 시작했다. 살아남은 이웃 사람들 몇이 다른 이웃 방공호에 모여 우선 사체 처리와 부상자 치료를 했다. 항복과 동시에 처음으로 바깥으로 나와 심호흡을 했다. 방공호 속은 질퍽질퍽하여 오래 지낼만한 곳이 아니었다. 전쟁이 끝났으므로 반상회 조직 역시 자동적으로 해체되고, 이번에는 가까운 친척들이 모여 통나무와 텐트로 임시 주거를 세웠다.

　내가 살고 있는 곳은 바로 이 제2기의 주거이다. 친척들이 골고루 모여 일손이 제대로 갖추어진 이웃은 이미 제3기의 주거를 세울 수 있었다. 그들은 돌아가면서 자신들의 손으로 가건물을 한 채 한 채 세워갔다. 무너졌을 뿐 불에 타지는 않은 집을 해체한 다음 그 재료를 이용하여 한 칸짜리 집을 몇 채씩 세웠다. 그러고 나면 각 가정이 그곳으로 이사하고, 이번에는 제4기의 제대로 된 건축을 계획하는 것이었다.

　그렇게 반듯한 집을 지으려면 진짜 목수에게 의뢰해야 했고, 재료 또한 많이 필요했으므로 여간 큰 작업이 아니었다. 그러나 이곳은 가톨릭 지역으로 예로부터 무슨 일이건 상부상조해 왔기 때문에 의외로 빨리 집을 마련할 날이 올지도 모른다. 제대로 된 집이 마련되면 가건물은 그냥 그대로 버려둘 예정이다.

하지만 그 전에 성당을 지어야 한다. 내가 살 곳보다 하느님이 계실 곳이 먼저이다. 하루빨리 성당을 세워 성체를 모셔야 이 마을에 생명을 불어넣을 수가 있다.

인사

"여어, 살아 계셨군요!"

이 말은 폐허를 오가며 만나는 사람들이 주고받는 첫인사다. 살아 있는 인간보다 죽어버린 사람 쪽이 많으니 어쩌면 당연한 인사이리라. 그렇지만 이런 인사를 나누는 사람은 진짜로 친했던 사이가 아니다. 진짜로 나의 생사를 염려하던 사람이라면 이렇게 외치며 달려온다.

"오오, 얼마나 찾았는데요. 대관절 어디 있었던 거야! 바보 같으니라구"

이와미(石見) 지방의 산베이(三甁) 산기슭에 사는 누이가 문병 차 찾아왔다. 누이는 커다란 등짐을 진 채 머리맡으로 다가오더니 내 머리에 둘러진 삼각건 붕대를 보자마자 훌쩍훌쩍 울기 시작했다. 누이의 남편은 전쟁 중 버마에서 죽었다.

"자, 그 짐부터 내려놓고 울든지 하려무나."

그렇게 말하자 '댕그랑댕그랑' 소리를 내면서 등짐을 내리고는 안에서 큰 추가 달린 벽시계를 끄집어 내놓았다. 고향집 거실에 걸려있던 고풍스러운 시계로, 내 어린 날의 추억이 고스란히 담겨있는 것이다.

"움직일 때마다 자꾸 '댕그랑댕그랑' 소리가 나니까 사람들이 다들 쳐다보더라구요, 오빠."

누이는 눈물도 닦지 않고 웃으면서 시계를 기둥에 걸었다. 나사를 조이자 '재깍, 재깍, 재깍' 하고 정확하게 움직이며 바늘이 돌아가기 시작했다. 그와 더불어 임시 거처도 되살아나는 느낌이 들었다.

"시계는 집안의 심장이야."

누이는 손목시계를 보며 벽시계의 바늘을 2시 55분에 맞췄다. 이제 5분만 지나면 시계가 울릴 것이다. 어린 시절 귀에 익은 그 소리가······.

"가야노, 가만히 기다려봐. 저 긴 바늘이 머리꼭지를 향하면 소리가 날거야. 세 번 울린다구. 댕, 댕, 댕 하고 세 번······."

"세 번 울리면 간식 시간이잖아."

"이게 가야노의 간식이야. 자, 어머니····· 아니, 고모가 이와미의 네이블 오렌지를 간식으로 줄게."

누이는 설움이 북받치는지 등을 돌리고 앉더니 허둥지둥

등짐 속에 손을 찔러 넣었다.

　가야노와 나는 숨을 죽인 채 시계 바늘이 돌아가는 것을
지켜보았다.

스위트 홈

"헬로우, 닥터!"

지붕 위쪽에서 풀턴 신부의 목소리가 들려왔다.

"웨어 이즈 더 게이트 오브 유어 팰러스?(Where is the gate of your palace?)"

당신이 사는 궁전의 대문이라니 가당찮은 말씀이다.

"어이쿠, 이거……"

나는 당황하여 안에서 널빤지 문을 열었다. 점령군 장교 차림인데 어깨로부터 아래쪽만 보였다. 옷에 달린 견장으로 봐서 종군 사제(司祭)임을 알 수 있었다. 또 한 사람은 갈색 프란시스코 수도복을 입은 풀턴 신부였다. 두 사람 다 목을 지붕 위로 올려놓은 듯한 모습이었다.

"잠깐 들어오시지요"라고 했더니, 두 사람이 들어가면 궁전이 무너질지 모른다며 사양해서 내가 바깥으로 나갔다. 장교는 항공부대 종군 사제로, 역시 프란시스코 회원이었다. 허리를 구부리고 집 안을 들여다보더니 하얀 성모 마리아 상을 발견하자 안심한 듯 미소를 지었다.

나는 주변의 집들을 하나하나 설명했다. 저기는 살아남은 세 명의 소년이 세웠습니다. 이쪽은 아버지와 딸 둘이서 세운 겁니다. 저쪽은 원래 가족이 11명이었습니다만…….

젊은 부부 두 사람이 열심히 함석을 두드리고 있는 집이 보였다. 새댁이 통나무 위를 발로 밟아 함석을 밀어붙이고, 그것을 남편이 이러쿵저러쿵 떠들썩하게 지시하며 내려가면서 못질을 하고 있었다. 바람이 세차게 부는지라 함석이 들썩거려 새댁도 여간 애를 먹는 게 아니었다. 저 함석을 저녁때까지 덮어씌우기만 한다면 오늘밤부터는 거기서 지낼 수 있으리라.

"오오, 스위트 홈!"

그렇게 외친 종군 사제는 그들을 향해 축복을 보내주었다.

옛날

날이 어두워졌다. 가야노는 다시 집 안으로 돌아와 내 곁으로 파고들었다. 눈곱이 끼어 더러워진 얼굴을 바라보자니 형편없이 찌들고 만 우리의 삶이 더욱 절절하게 느껴졌다. 내 팔을 베개 삼아 누워서 혼잣말을 중얼거렸다.

가야노 짱 방에는 미닫이가 있었어. 2층 방도 있었구. 툇마루도 있었잖아…… 목련이 피면 툇마루에 걸터앉아 손님과 차를 마셨지. 엄마도 있었구 말야…… 엄마가 만들어 준 찹쌀떡, 정말 맛있었어. 도시 짱하고 치꼬 짱과 가야노 짱이 소꿉장난하며 다투다가 가야노 짱이 울어 버렸어……

눈이 보이지 않으니까 오늘 가야노는 옛날을 볼 수 있다. 옛날 그 시절로 돌아간 가야노는 잠이 들고, 자그만 손이 내 가슴을 자꾸만 더듬는다.

잡동사니

마코토와 둘이서. 잿더미를 정리하기로 했다. 15센티미터 두께로 재와 기와 조각과 잡동사니들이 쌓여 있는 것을 파헤쳐, 체로 쳐서 재를 받아 보리밭에 뿌리고, 기와 조각 따위로 방공호를 메웠다. 나는 병든 몸이고 마코토는 어린 아이였으므로 일이 좀체 진척되지 않았다. 체를 치고 있노라니 기와 조각 사이에서 무언가 아름다운 것이 눈에 띄었다. 주워서 보니 기모노의 허리띠 장식이었다.

후지나(布治名) 도자기의 유약은 약간 거칠거칠해져 있었다. 그러나 손바닥에 올려놓고 바라보는 사이에, 결혼한 뒤 처음으로 교토(京都)에서 열린 학회에 참석하고 돌아오는 길에 그것을 사던 무렵의 나날들이, 비록 토막 난 짧은 장면들이긴 하지만 선명하게 떠올랐다.

아내는 이 소박한 허리띠 장식이 꽤나 마음에 들었던지 종종 꽂고 다녔지. 하얀 미닫이, 곶감을 늘어뜨려 두었던 툇마루, 비파 꽃이 아무도 몰래 피어나고, 벌이 처마 끝에서

붕붕거리고 있었어……

마코토가 말을 걸어오는 바람에 퍼뜩 정신을 차리고 눈을 떠보니, 내 그림자가 잿더미 위로 길게 드리워 있었고, 차가운 바람이 옷깃을 헤집고 있었다. 뼈가 있던 곳에 쭈그리고 앉아 잠시 휴식을 취한 뒤 작업을 마무리했다.

그 뒤로는 잿더미 정리를 할 용기가 나지 않았다. 재를 파면 가버린 사람의 유품이 또 나타나리라. 잊어버리고 싶다는 뜻이 아니다. 그토록 생생하게 떠올리고 싶지는 않을 뿐이다.

얼마 전부터 알고 지내게 된 도이즈미(戶泉) 씨가 중학생 셋을 데리고 와 도와주겠다고 했다. 아무리 조그만 잡동사니라도 육친(혈족 관계가 있는 사람)의 것이라면 한없는 그리움이 담겨있는 법이다. '아, 저건 재봉틀 발판이야. 아내가 저걸 밟으면서 내 옷을 만들었지' 하고 추억에 잠기려는 순간 중학생들은 "뭐야, 재봉틀이군. 하나, 둘, 셋" 하고 외치며 기세 좋게 방공호 속으로 던져 넣고 말았다.

'아, 다리미로군. 저 다리미로……' 하고 기억을 되살릴 틈도 없이 도이즈미 씨가 "이건 이제 쓸모가 없겠군" 하면서 휙 던져 버렸다.

  그리움이 담긴 잡동사니들은 비정한 네 사람의 손에 의해 순식간에 방공호로 던져지고, 저녁 무렵에는 잿더미가 깨끗한 뜰로 바뀌었다. 도이즈미 씨가 말했다. "여기에다 하얀 장미를 심어 드리지요."

무일물처(無一物處)

낮에는 다들 건축 재료를 구하러 나가기 때문에 혼자서 집을 지킨다. 누군가 찾아와 널빤지 문을 열면 손님과 집주인의 코가 맞닿을 정도다. 문지기도 두지 않으며, 명함도 필요 없다. 윗목, 아랫목이 따로 없는 거친 돗자리 두 장이 깔린 한 칸 방.

"자, 이쪽으로 오시죠." "여기도 괜찮습니다." 따위로 밀고 당길 여지도 없다. 괜스레 으스대면서 들어오는 사람은 낮은 천정이 따끔한 맛을 보여준다.

여기는 가로등조차 없는 탓에 밤이 되면 돌아가기가 무서워 오래 머무는 손님이 있을 리 없고, 전차가 다니지 않으니까 일없이 찾아오는 손님은 한 명도 없다. 전화가 없으니 이쪽 사정은 살피지도 않고 느닷없이 '따르릉' 하고 울려 깜짝 놀랄 염려도 없으며, 라디오와 신문이 없는 덕분에 우리와 상관없는 세상사로 골머리를 앓을 걱정 또한 없다.

벽장이나 궤짝이 없지만, 이불과 나들이옷도 없으니까 낭패 볼 일은 아니다. 서재는 불타고 말았으나 이 들판이야말로 수천 권의 책에 뒤떨어지지 않는 읽을거리가 아닌가.

　나는 기둥에 걸린 십자가를 우러러보면서 묵상을 한다. 그 옆에 '무일물처무영장(無一物處無靈藏)'이라고 쓰인 액자가 걸려있다. 은사이신 스에지(末次) 교수님이 주신 것이다.

3부

아버지와 아들

이케다(池田) 선생님.

편지를 읽고 너무 고마웠습니다.

먼젓번 담임이셨던 소(宗) 선생님께는 사정을 말씀드렸습니다만, 새롭게 마코토를 맡아주실 선생님께도 다시 한번 아버지로서의 제 생각을 말씀드린 뒤, 선생님의 의견을 여쭙고 싶어서 병중난필(病中亂筆)의 실례를 무릅쓰고 이편지를 올리게 되었습니다.

마코토의 어머니는 원자폭탄이 떨어진 바로 그 자리에 있던 우리 집과 더불어 운명을 같이 했습니다. 저도 대학에서 중상을 입었습니다. 그날 마코토는 누이와 함께 산골 할머니 댁에 가있던 바람에 목숨을 건졌습니다. 마코토가 다니던 야마사토(山里) 초등학교도 거의 전멸하여 살아남은 학

우는 고작 4명뿐이었다고 합니다.

우리는 집터에 남아있는 돌담을 이용하여 우선 통나무와 함석으로 한 평쯤 되는 오두막 같은 가설 주택을 짓고 살면서 재건에 매달렸습니다. 어른들뿐 아니라 어린아이들도 정밀 연속 관찰을 해야 했던지라 마코토와 누이동생 가야노도 그 오두막에서 6개월을 함께 살았습니다.

폭심지의 잔류 방사능은 세월의 흐름과 더불어 신속하게 줄어들어 2개월 후에는 인체 건강을 해치지 않을 정도가 된다든가, 오두막 생활이 한 달쯤 지나자 방사선 자극에 의해 가벼운 백혈구 증가 증세를 일으킨다든가, 여러 가지 사실을 알게 되었습니다. 이런 자가 실험에 기초하여 저는 피난민들에게 폭심지 거주는 위생상 위험하지 않으니까 한시바삐 돌아와 재건을 시작하자고 거듭 호소했습니다. 이렇게 해서 우리 부자는 시민으로, 의학도로서 의무의 일부를 다했습니다.

이 오두막에서의 반년은 인간의 최저 생활이었습니다. 비가 내리는 밤이면 아궁이가 젖어 밥을 짓지 못했으며, 눈내리는 아침에는 모포 위가 하얗게 되어 있었습니다. 그 같은 괴로움이나 초라함도 그랬지만 마코토의 어린 마음에 견딜 수 없었던 것은 아침에 이부자리에서 눈을 떠 옆을 보았을 때 어머니가 없는 일이 아니었을까요? 그 아이는 그날 이후 제 앞에서 단 한번도 '어머니'를 입에 올리지 않았습니다만…….

나뒹구는 백골과 더불어 지내는 이 끔찍한 생활을 굳이 마코토에게 체험시킨 이유는, 그 아이에게 전쟁의 본질을 뼛속 깊이 느끼게 해주기 위해서였습니다. 원자의 폐허에서의 생활―그것은 제 아무리 지독한 호전주의자까지도 부전론자로 바꾸고 맙니다. 그 아이는 세계가 변해가든 평생을 평화주의자로 살아갈 것임에 틀림없습니다.

일본은 평화 문화국가가 되었노라고 선언했습니다. 하지만 어딘가 아직 전재(戰災)를 당해보지 않은 지방에서는 전쟁으로 득을 보리라고 믿는 자들과, 야만적인 투쟁 본능을 억누르지 못하는 자들이 버티고 있어서 언젠가 기회를 틈타 여론을 오도할지도 모릅니다. 그런 자들을 따돌리고 마코토가 원자폭탄의 기억을 살려 반전론을 높이 외치면서, 인류를 파멸로부터 지켜줄 것을 기대하고 있습니다.

마코토가 일생의 직업으로 무엇을 택할까요? 그것은 그 아이가 스스로 결정할 일로서, 아무리 아버지라도 저에게는 아이의 일생을 강제로 결정할 권리가 없습니다. 그러나 저는 하나의 원망(願望)을 갖고 있습니다. 원자학 연구에 매달려준다면 얼마나 좋을까! 내심 이렇게 바라고 있답니다.

원자의학이야말로 제 일생의 일이었습니다. 원자의 비밀은 인간이 평생을 바쳐 연구할 가치를 충분히 지니고 있습니다. 생명을 거는 위험은 있더라도 이토록 흥미로운 연구는 달리 있을 리 없습니다. 실제로 저는 바로 그 원자 방사선으로 인해 병상에 누운 몸이면서도 도저히 연구를 그만둘 마음이 생기지 않습니다. 조금이라도 몸이 나아지면 또다시 연구실로 달려가 정이 들대로 든 원자 방사선을 상대로 공부하고 싶을 따름입니다.

그래서 아버지가 아들에게 당부하는 것이 아니라 선배가 후진에게 권하는 기분으로 마코토에게 "원자학을 공부하라!"고 말하고 싶은 것입니다. 마코토가 이런 저의 마음에 답하여 "예, 하겠습니다."라고 다짐해준다면 얼마나 좋을까요. 저는 기쁨을 간직한 채 눈을 감을 수 있을 것입니다.

마코토에게 원자의 폐허에서 생활하도록 한 것은 그 준비 공작의 하나라는 뜻이 담겨 있었습니다. 황량한 들판에 서서 원자력이 할퀴고 간 폐허를 본다면 누구인들 놀라지 않을 도리가 없습니다. 놀라움은 의문을 낳고, 의문은 흥미를 더하고, 흥미는 연구심을 불러일으킵니다. 그 아이가 중학교에 진학하여 무엇을 평생의 직업으로 고를 것인가를 생각할 때, 마음 깊숙한 곳에서 '원자학' 이라는 대답이 자연스럽게 떠오르기를 저는 남몰래 바라고 있습니다.

그렇지만 폐허의 오두막은 아이를 교육하는 데는 좋은 환경이 되지 못했습니다. 어린 남매가 인골을 긁어모아 화장(火葬) 놀이를 하거나 이웃집 잿더미를 뒤져 찻잔을 주워옵니다. 변소를 다녀와서도 손을 씻지 않았습니다. 이처럼 미적, 혹은 도덕적 정조(情操)를 잃어 문화적인 교양을 쌓는 일 따위는 꿈도 꿀 수 없는 상태였습니다.

그래서 저는 폭심지가 정리될 때까지는 마코토를 정상적인 환경으로 옮겨 올바른 생활태도를 가르칠 필요가 있음을 절감했습니다. 다행히 대학이 오무라(大村) 시의 임시 교사로 이전되어 강의를 재개했으므로 저도 병상을 벗어나 오무라로 향했습니다. 그때 마코토를 데리고 가 귀교에 입학시켰던 것입니다.

제 주치의인 도모나가(朝永) 선생님의 자택이 귀교 가까이에 있어서 우리 부자를 하숙시켜 주셨습니다. 매사 일이 잘 풀렸다고나 할까요.

아름다운 해안, 늘푸른 언덕(원폭으로 인해 검붉게 변한 황야에 길들여진 눈으로는 그 푸르름이 유난히 인상적이었습니다), 설비가 잘 갖추어진 학교, 야하토 선생님이나 소 선생님의 사랑 가득한 가르침, 쾌활한 학생들, 문화적인 가정……

우리 아이의 눈에서 어느 결에 야생동물 같은 번득임이 사라졌습니다. 수소 실험은 과학에 대한 즐거움을 가르쳐 주었고, 계측 실험은 수학의 본질을 체득시켰으며, 공원에서의 사생(寫生)은 미(美)에 대한 동경을 다시금 불러 일으켰습니다. 성악 콩쿠르에 학교 대표로 참가한 날, 마코토의 기쁨은 얼마나 컸던지요. 그날 부모가 따라가지 않은 학생은 그 아이밖에 없었다고는 했지만 말입니다.

가정방문으로 아셨겠지만 도모나가 선생님의 자택은 사랑과 진리가 넘치는 모범 가정입니다. 선생님은 대학에서 내과를 전공하는 학자, 부인은 교양이 높은 상냥한 어머니. 두 분은 마코토를 자식처럼 보살펴 주십니다. 마코토는 완전히 그 가정의 아이가 되어 어리광을 부리고, 개구쟁이처럼 굴어 야단을 맞기도 하며, 때때로 칭찬을 받기도 합니다.

저는 아이와 더불어 석 달째 그 댁의 신세를 지고 있었습니다. 그 사이에 병세가 악화되어 다다미 위에 뒹굴면서 잠을 자는 버릇이 생겼습니다. 그러자 도모나가 선생님의 다섯 살짜리 큰아들 마아가 그걸 흉내 내기 시작했습니다. 저는 깜짝 놀랐습니다. 그때 마침 대학이 다시 나가사키의 임시 교사로 옮기게 되어 저도 나가사키로 돌아가기로 했습니다. 당시 저는 마코토를 데리고 갈 것인가 말 것인가 고민에 고민을 거듭한 끝에, 결국 그 아이는 남겨두고 떠나기로 했습니다.

이제는 나가사키 폭심지 정리도 끝나 주민들도 속속 되돌아와 살 만큼 폐허의 황량함이 점차 사라져서 평화로운 마을이 되었습니다. 문화적인 생활도 할 수 있어서 아이들의 교육 환경으로서도 그다지 나쁘지만은 않습니다. 야마사토 초등학교 역시 재건되어 학생 수도 늘어났습니다.

비록 다다미 여섯 장짜리 방 한 칸에 지나지 않으나 살 집도 지었고, 뜰에는 하얀 장미가 피어있습니다. 마코토를 이곳으로 데려와도 괜찮은 것입니다. 그럼에도 왜 홀로 떨어져 살게 하는가? 그 까닭을 말씀드려 과연 제 생각이 옳은

지, 그렇지 않으면 그른지 선생님의 의견을 여쭙고 싶습니다.

마코토는 고아 예정자입니다. 이미 어머니를 잃었고, 아버지도 병석에서 얼마 남지 않은 생을 헤아리고 있으며……, 머지않아 그 아이는 고아가 될 운명입니다. 고아가 되어 이 무서운 세상에 내던져졌을 때 어쩔 줄 몰라 쩔쩔매지 않고, 조그만 발로 단단히 땅을 딛고 서서 똑바로 세상을 살아갈 수 있을는지요?

그리스도는 "공중의 새들을 보아라. 그것들은 씨를 뿌리거나 거두거나 곳간에 모아들이지 않아도 하늘에 계신 너희의 아버지께서 먹여주신다. 너희는 새보다 훨씬 귀하지 않느냐? 또 너희는 어찌하여 옷 걱정을 하느냐? 들꽃이 어떻게 자라는지 살펴보아라. 그것들은 수고도 하지 않고 길쌈도 하지 않는다. 그러나 온갖 영화를 누린 솔로몬도 이 꽃 한 송이만큼 잘 차려 입지 못하였다. 너희는 어찌하여 그리도 믿음이 약하느냐? 오늘 피었다가 내일 아궁이에 던져질 들꽃도 하느님께서 이처럼 입히시거든 하물며 너희야 얼마나 잘 입히시겠느냐?'라고 깨우쳐 주셨습니다.

제 신앙이 얕아서 이 같은 부질없는 걱정에 사로잡혀 있습니다. 그걸 알면서도 역시 염려가 되는 이유는 자식 둔 부모의 미혹일는지요. 그럼에도 저는 이렇게 궁리합니다. 지금처럼 모르는 이들밖에 없는 먼 동네에서 홀로 살면서 일주일에 한 번 아버지 곁으로 돌아오는 반 고아 생활에 익숙하도록 해두면, 내가 죽고 난 다음 조금이라도 충격이 덜하지 않을까? 만약 내 곁에서만 지내느라 남의 눈물을 모른 채 산다면, 이 넓은 세상에 느닷없이 고아로 버려져 어린 누이의 손을 잡은 채 어찌할 바를 모르는 사이에 격렬한 세상의 파도에 삼켜지고 마는 게 아닐까?

"무기력한 고아가 되어서는 안 돼! 강하고 곧고 쾌활하게 역경을 헤쳐 나가는 고아가 되렴, 마코토야, 가야노야!" 이렇게 기도하고, 이렇게 생각하여 애처롭긴 하지만 마코토를 그곳에 남겨둔 것입니다.

그렇지만, 하지만, 이케다 선생님.

저는 마코토를 제 곁에 두고 싶답니다. 아침이건 낮이건 밤이건 그 조그만 얼굴을 보고 싶답니다. 목소리도 듣고 싶답니다. 부드러운 손으로 제 발을 주물러 주었으면 한답니다. 앞으로 얼마나 더 살 수 있을지, 하루하루 죽음이 닥쳐옴에 따라 그 짧은 세월이나마 아버지와 아들이 한방에서 지내고 싶다는 일념이 강해지고 있답니다.

　마코토는 토요일 저녁에 "다녀왔습니다." 하고 외치며 돌아와서는, 일요일 아침에 성당 미사에 다녀와 하루 종일 저를 간병하고, 월요일 아침 아직 채 어둠이 가시지 않을 무렵에 "다녀오겠습니다." 하고 씩씩하게 떠납니다.

　이윽고 마코토가 탄 첫 기차 소리가 사라지고 들리지 않게 될 즈음이면 저는 문득 아내의 영혼이 화를 내지나 않을까 하는 걱정에 사로잡히기도 한답니다.

아버지의 낙제기

가야노의 가방 이름표를 바꿔주기로 했다. 이름표를 만들 두꺼운 종이는 이웃집 할아버지에게 있다. 마코토가 벌떡 일어나더니 가방을 들고 이웃집으로 가려고 했다.

"잠깐 기다려."

나는 마코토를 불러 세웠다.

"옛날 얼빠진 사나이가 살았는데 말이야, 쇠고기 요리를 한다면서 커다란 소를 2층으로 끌고 올라갔대. 칼이 2층에 있었거든."

마코토는 무슨 말인지 몰라 멍하니 나를 쳐다보았다.

"그래도 몰라? 가방과 이름표, 어느 쪽이 무거워?"

마코토는 멋쩍은 표정으로 가방을 책상 위에 올려놓았다.

"이건 사소한 일 같지만 실은 중대한 문제야. 일이라는 것은 무조건 하기만 하면 되는 게 아니야. 손을 대기 전에 생각이 미치는 여러 방법을 머릿속에서 궁리해 본 다음, 가장 능률이 오르는 쪽을 택해야 하는 거야."

마코토는 고개를 끄덕이더니 이웃집으로 가려고 했다.

"잠깐, 어떻게 할 셈이야?"

"두꺼운 종이를 얻어 와서 여기서 가방 이름표에 맞추겠습니다."

"음, 얻어온 종이가 너무 작으면? 한 번 더 가야하겠군. 너무 커도 남은 종이를 돌려주러 가야겠지. 그런 걸 두고 헛걸음을 한다는 거야."

마코토는 골똘히 생각에 잠겼다. 이윽고 자를 가져와 이름표의 크기를 쟀다. 그리고 치수를 외운 다음 이웃집으로 갔다.

그 자리에 마침 도이즈미 아주머니가 함께 있었다. 마코토가 자리뜨기를 기다렸다는 듯이 곧장 나를 향해 따져 묻듯이 말했다.

"아이를 그런 식으로 곯리지 않아도 되잖아요?"

"곯리지 않았는데요."

"하지만 그렇게 놀리듯이 다루지 말고 순순히 이러저러하게 하라고 가르쳐주면 될 일을 가지고……."

"애를 써보지 않고 배운 것은 금방 잊어버려요. 용을 쓰고, 고민을 하여 스스로의 힘으로 방법을 찾게 되면 결코 잊지 않는다구요. 저는 저 아이에게 잊어버리지 않는 방법을 가르치고 있는 겁니다. 스스로의 힘으로 헤쳐 나가는 것을, 홀로 살아갈 수 있는 길을……."

"그건 그렇지만, 저렇게 어린아이에게는 아직 무리일 텐데……."

"그럴까요?"

"지금까지 대학생들을 교육시켜 왔으니까 그런 방침이 잘 먹혀들었겠지만……. 아직 충분한 능력이 갖추어지지 않은 어린 녀석에게 완벽함을 요구하여 닦달하거나, 지나치게 엄하게 다스리면 조그만 풍선에 수소를 잔뜩 불어넣는 것이나 마찬가지여서 터지고 말아요."

"과연, 그렇겠군요. 하지만 저는 지금 몸이 이렇지요? 그러니 이만하면 안심할 수 있다는 판단이 서야 편안하게 눈을 감을 수 있지 않겠어요?"

"그런 기분은 잘 알겠지만 마코토의 모습을 한번 눈여겨

봐요. 아버지 앞에 가면 또 무슨 꾸지람을 듣지나 않을까 안
절부절 못하는 눈치에요. 애처럽게스리……. 곁에 붙어 앉
아 달래줄 어머니도 없잖아요? 시시콜콜 나무라기만 하는
아버지가 되어서야 되겠냐구요."

그것이 어제 일이었다.

나에게 뢴트겐 기술을 배운 한 처녀 그녀는 원자병으로
죽었지만 그녀의 일기를 본 적이 있다. 그 가운데 나에 관한
이야기가 드문드문 나온다.

"부장 선생님의 눈초리는 무섭다. 바로 앞에서 똑바로 쳐
다볼 때에는 마치 머릿속까지 투시되는 것 같은 느낌이 든
다. 뢴트겐으로 인체의 내부를 살피는 사이에 그런 눈초리
가 되었으리라."

"아침에 기계 청소를 마치고 테스트를 해보니 고압이 들
어가지 않는다. 스위치를 '탁탁' 치고 있으려니까 부장 선
생님이 들어오셨다. 허둥대는 모습을 한동안 바라보시더니
내 손에서 드라이버를 빼앗아 배전판 케이스를 열고 안의
배선을 열심히 살피셨다. 얼마 뒤 내 손바닥에 드라이버를

'탁' 하고 놓고는 한마디도 하지 않고 '터벅터벅' 옆의 치료실로 가버리셨다.

내 눈에서 느닷없이 눈물이 흘러내렸다. 억울했다. 야속했다. 안타까웠다. 물러설 수는 없다고 다짐했다. 누구에게도 물어보지 않고 혼자서 이 고장을 고치리라고 결심했다. 복잡한 배선도를 들여다보면서 배선판 안에 연결되어 있는 전선을 추적했다.

시간이 흐르는 것도 몰랐다. 드디어 고장 난 곳을 발견했다. 마그네토의 스프링이었다. 기뻤다. 그걸 고친 뒤 스위치를 넣자 고압 미터가 '휙' 하고 움직였다. 바로 그때 선생님이 치료실에서 돌아오셨다. 미터의 바늘이 60킬로볼트 부근에서 오락가락하고 있었다. 선생님은 다시 내 눈을 응시하셨다. 이번에는 입 언저리에 웃음을 참고 계신 듯이 여겨졌다. 그리고 아무 말씀도 없이 현상실로 가셨다."

"오늘은 연구실에 들어온 이래 처음으로 부장 선생님께 칭찬을 들었다. 귀의 뢴트겐 사진으로 칭찬을 들은 사람은 선배들 중에도 그다지 없다고 했다. 그래서 방과 후 다들 아이스크림을 먹으며 축하회를 가졌다. 나도 이제 기술에 자신이 생겼다."

"입원 5일째, 부장 선생님이 와 주셨다. 예의 무뚝뚝한 얼굴
이었다. 병상 곁에 앉아 나의 맥을 한동안 짚어보신 다음 오
직 한마디, '괜찮아, 고비는 넘겼어. 나을 거야.' 는 말만 남기
고 터벅터벅 병실에서 나가셨다. 선생님도 꽤 약해지셨다."

나는 과연 괜찮은 교육자였을까? 대학을 휴직하고 이제
병상에 누워 일생의 추억을 정리하면서, 마음에 걸리는 것
이 바로 이런 일이었다.
상냥한 선생이었다는 추억만이 남아있을 뿐 정작 무엇을
배웠는지는 기억나지 않는 그런 선생도 있다. 한이 골수에
사무치도록 야단을 맞은 선생으로부터 배운 지식이 여태껏
살아있어 도움이 되는 경우도 있다. 나는 학생이나 연구조
교들이 나를 어떻게 여기는 지에는 개의치 않는다. 오로지
원자의학만큼은 올바르고 인상 깊게 젊은이들의 마음에 심
어주려고 애를 써왔다. 내 아이의 교육에서도 마찬가지다.
그런데 사실은 오늘, 교육자로서의 나를 낙제시킬 사건이
일어났다.

물을 마시고 싶어 마코토를 불렀다. 대답이 없었다. 분명히 조금 전까지는 좁디좁은 이 집안에 있었다. 되풀이해서 불렀다. 이웃집 아주머니가 왔다.

"마코토는 야구하러 나갔어요"

"예에, 야구? 하지만 문을 열고 나가는 걸 못 보았는데요."

"호호호, 글러브를 갖고 뒤편으로 나갔어요. 어쩔 수 없잖아요. 아버지는 공부, 공부하며 몰아세우니까요. 근처 친구들은 야구, 야구하며 커 가는데 말이에요. 요즘은 친구들이 뒤편에서 손짓으로 신호를 해서 꾀어낸답니다. 하긴 한창 놀고 싶어 할 때잖아요……."

나는 땅속으로 꺼져드는 기분이었다. 마코토가 뒷구멍으로 빠져나가는 아이가 되었단 말인가! 아아!

남자는 항상 정문으로 다녀야만 한다는 말은 내 어린 시절부터 귀에 못이 박이도록 들어왔다. 뒷구멍으로 나다니는 사람은 소인이다. 마코토에게 그런 소인 근성을 불러일으킨 것은 나의 엄격 일변도의 교육 탓이었다. 아아, 내가 나빴다. 마코토야, 용서해다오!

인형 문답

"왜 잘 정돈해 두지 않았니! 이런 곳에 함부로 내버려두니까 밟을 수밖에."

아직 어둑어둑한 새벽인데도 잠자리에서 일어나야 한다. 그 어두운 방에서 마코토가 가야노에게 야단을 치고 있다. 모기장 안에서 밖으로 나가다가 가야노의 인형을 밟아 부러뜨린 모양이다.

가야노는 잠들 때까지 인형을 품에 끌어안고 있었는데, 아마도 밤중에 몸을 뒤척이는 바람에 인형이 모기장 바깥으로 굴러나갔으리라. 가야노는 아침이 되어 눈을 뜨면 인형 생각부터 나서 어둠 속에서 손을 뻗쳐 찾곤 하는데, 한발 먼저 일어나 모기장을 나온 마코토의 발에 밟혀 부서지는 무참한 소리가 좁은 방 안에 울려 퍼진 것이다.

잔뜩 골난 목소리로 주거니 받거니 하는 어린 남매의 말을, 나는 자리에 누운 채 가만히 듣고 있었다. 사건의 전말은 분명했다. 어느 쪽도 일부러 나쁜 일을 저지르지는 않았다. 양쪽 다 과실이 있으며, 더군다나 어느 정도 불가항력적인 요소마저 가미되어 있는 듯했다. 재판관으로서의 아버지도 좀처럼 올바른 판결을 내리기 힘들다. 이건 아무래도 내 지갑에서 돈을 꺼내, 마코토를 시켜서 다른 인형을 사주는 것으로 매듭지어야 할 모양이다.

둘 다 제법 그럴싸한 자기주장을 펴고 있다. 사실 그걸 듣고 있는 나로서는 너무나 반가웠다. 자기주장만 늘어놓는 것이야 조금도 기뻐할 일이 아니지만, 두 명의 어린아이가 그런 주장을 머리로 짜내고, 앞뒤가 맞게 논리를 펼칠 만큼 저마다 자라났다는 사실을 알게 된 것이 반가웠다. 다짜고짜 맞붙거나 울음부터 먼저 터트리지 않고, 어디까지나 나름대로의 주장을 내세워가는 그 방법 또한 흡족했다.

정말이지 잘 자라주었다. 제 어미가 세상을 떠났을 때에는 도무지 의지할 곳 없어 넋이 나간 듯한 아이들이었다. 과연 남자 손만으로 키워낼 수가 있을까 하고 마음을 잔뜩 졸이기조차 했다.

벌써 3년 전 일이었다. 타버린 집의 잿더미에서 아내의 뼈를 주워 양동이에 담아 커다란 소나무가 와지끈 부러져 송진 내음이 나는 황량한 묘지에 묻어두고, 지팡이에 의지하여 터벅터벅 산길을 더듬어 산속의 집으로 살아남은 이 두 아이를 찾으러갔던 것은…….

　산속의 집은 6킬로미터쯤 떨어져 있었다. 그곳으로 가 아이들의 무사한 얼굴을 볼 때까지는 초조하고 불안한 마음이 가시지 않았다. 병든 몸이 발걸음을 제대로 옮기지 못하는 데 화가 치밀었다.

　두 아이는 삼각건으로 머리와 팔을 싸매고 간호사의 도움을 받으며 집 안으로 들어선 나를 힐끗 쳐다보더니 달아나려고 했다. 손에 쥐고 있던 매미를 놓쳐 '지이~' 하는 소리를 내며 바깥으로 날아올라 사라져버리는 것조차 알아차리지 못한 채 흠칫흠칫 뒷걸음질 치면서 나를 바라보았다.

　'이 녀석들은 내 아이들이다!'

　나는 그때 확실하게 느꼈다. 그 이전에도 그 이후에도 그때만큼 강하게 부자의 정을 품은 적은 없다. 그렇다고 해서 그동안 아버지와 자식으로서의 감정이나 애정이 없었다는 뜻은 아니다. 하지만 아버지는 직접 산통(産痛)을 겪지 않는 만큼 어머니처럼 강하고 깊게, 정신적으로뿐만 아니라 육체적으로 '나는 이 아이의 어미다'고는 느끼지 못하는 법이다.

그런데 그날, 이 두 아이의 어머니가 죽은 뒤 나는 아버지로서뿐 아니라 어머니로서의 몫도 해낼 작정이었기 때문에 마음 깊숙한 곳에서 '나는 이 아이들의 어미다'고 느꼈던 것이리라. 아내의 영혼이 나에게로 옮아왔다는 식의 사고방식은 올바르지 않지만, 당시의 나는 그런 기분만큼은 이해할 수 있었다. 나는 만약 아내가 살아있었더라면 이런 경우 어떻게 했을까 하는 점을 항상 염두에 두면서 두 아이를 기르고자 마음먹었다.

나는 주머니에서 복숭아 통조림을 꺼냈다. 불타버린 우리 집 방공호에서 파낸 비상식량 중 하나였다. 깡통을 따고 마코토에게 젓가락을 가져오게 하여 두 아이들 앞에 내밀며 권했다.

"자, 먹어 봐. 맛있어."

그런데도 두 아이는 머뭇머뭇 거리며 내 얼굴과 나무젓가락으로 찔러둔 복숭아 조각을 번갈아 바라볼 뿐 손을 내밀지도 않고, 웃지도 않았다. 모처럼 기쁘게 해 줄 요량으로 무거운 걸 들고 왔는데……. 나는 화가 치밀었다.

"어서 먹으라니까!"

곤두선 내 목소리에 두 아이는 깜짝 놀라 울먹이기 시작했다. 나는 그런 모습을 멍하니 바라보고 있었다. 속이 부글부글 끓는 것 같았다.

그렇다. 이 아이들은 어머니가 나타나기를 기다리고 있는 것이다. 이 통조림이 방공호 안에 있던 것이라는 사실을 마코토는 알고 있었다. 공습이 극심했던 어느 날 밤, 아내가 "이 복숭아는 맛있으니까 나중에 다 함께 먹자"면서 비상 식량 통에 보관해 두었던 통조림이었던 것이다.

바로 그 복숭아 통조림이 지금 눈앞에 있는데 어째서 어머니는……? 어머니가 있었다면 통조림을 이렇게 살풍경하게 젓가락에 찔러 "자, 먹어라"는 식으로는 내놓지 않았으리라…….

나는 문득 그런 사실을 눈치 챘다. 어머니 몫까지 맡겠다고 마음먹고도 실제로 해보니까 첫걸음부터 이만한 배려조차 못한 꼴이 아닌가. 나는 부엌으로 가서 작은 접시를 가져왔다. 그리고 거기에 복숭아를 옮겨 담아 두 아이의 손에 각

각 쥐어주었다. 아이들은 비로소 복숭아를 먹기 시작했다.

아내는 이런 예절까지 가르쳐 놓은 것이다. 그러니 앞으로 이 아이들을 키우는 것이 예삿일이 아니라는 사실을 절절이 깨닫는 순간이었다. 복숭아를 한 사람 앞에 두 조각씩 나누고 나니 깡통 바닥에 두 조각이 남았다. 이 두 조각은 아내에게 돌아갈 몫이었던 셈이다. 만약 우리 가족 4명이 모두 살아남아 이 통조림을 따서 두 조각씩 나누어 먹었더라면, 두 아이는 손뼉을 치고 환성을 지르며 기뻐했을 것을……

아내도 아이들이 기뻐하는 모습을 마음속으로 그리고 있었을 텐데……. 생각이 거기에 미치자 눈시울이 붉어지면서 깡통 바닥에 남은 윤기 흐르는 호박색 복숭아 두 조각이 점점 흐릿해졌다. 부질없이 흘러간 지난날을 되돌아보며, 나는 어느새 이제부터 헤쳐 나가야 할 우리 세 가족의 험난한 길을 떠올리고 있었다.

그로부터 만 3년이 지났다. 길고 긴 3년이었다. 하루 24시간 중 마음 편히 지낸 것은 1시간도 없었다. 고통, 번민, 외로움, 안타까움, 무정함을 이겨내고 간신히 버텨온 1시간, 1

시간…… 하루, 하루였던지라 고작 3년의 세월이 이다지도 길게 느껴지는 것이리라. 그런데도 아내의 유골을 집어 들었을 때의 그 가벼움이 불가사의하게도 여태껏 생생히 내 손바닥에 남아 있다.

어쨌든 두 아이는 무럭무럭 자라났다. 아내가 있었더라면 좀 더 훌륭하게 키웠을 텐데……. 하지만 아내여, 남자 손으로 이만큼 길러냈으니 "당신, 참 애썼어요!"라고 칭찬해 주시구려.

날이 밝았다. 성당에서 아침 기도를 알리는 종소리가 울려 퍼졌다. 두 아이의 인형 사건도 그럭저럭 마무리된 듯하다. 마코토가 부서진 인형의 목을 붙여주고, 가야노는 인형 옷을 꿰매기로 한 모양이다.

나는 바느질만큼은 가르쳐 줄 수 없었다. 그런데도 가야노는 어머니를 닮아 바느질을 즐겨, 미덥지 못한 손에 바늘을 '꼬옥' 쥐고는 곧잘 인형 옷을 꿰매고 있었다. 두 아이는 사이좋게 손을 잡고 미사를 드리러 성당으로 갔다. 하느님의 축복은 오늘도 푸짐하게 이 아이들의 머리 위로 부어지리라.

양녀 이야기

가야노를 양녀로 삼고 싶다는 이야기가 여기저기에서 들어왔다. 본인이 일부러 찾아와 직접 이야기를 하는 분도 계셨고, 정중하게 중간에 사람을 놓아 물어보는 분도 계셨으며, 먼 곳에서 편지를 보내오는 이도 있었다. 아이가 없는 노부부에다 외동딸을 잃은 중년부부, 심지어는 며느리로 삼겠다는 사람에다, 자녀가 많지만 재산도 많으니까 외롭게 만들지 않고 장래도 보장하겠다는 사람, 단지 귀여우니까 양딸로 주었으면 하는 사람까지 여러 부류였다.

그런 이야기를 들을 때마다 내 가슴속에 먼저 끓어오르는 것은 무념(無念)이었다. 우리 가족이 이처럼 손쉽게 남의 동정이나 받는 처지에 빠져있다는 사실을 가지각색으로 깨우쳐주는 무념이었다. 어디의 누군지도 모르는 분으로부터 편지로 그런 제의를 받으면 "그래, 그럽시다. 잘 됐군요" 하고 금방 매달릴 것이라고 생각했단 말인가.

　무념이 사그러들자 사람들이 가련하게 여겨지기 시작했다. 그들이 이런 말을 하는 이유는 자신들의 생명과 재산이 끝없이 지켜지리라고 믿기 때문이다. 그 같은 믿음이 부질없다는 사실은 하룻밤 사이에 아내와 재산을 잃은 내가 가장 잘 안다. 내일 어떻게 될지조차 모르는 몸이라고 여기면 정말이지 모두가 가련해지고 마는 것이다.

　그러는 사이에 감정도 가라앉고 비로소 감사의 마음이 생겨났다. 어쨌거나 그것은 선의의 발로인 것이다. 깊이 인정의 내면을 따지지 않고, 내 처지에 동정하고 가야노를 사랑하는지라 친절하게도 그런 제의를 한 것이다. 여하튼 고맙게 여겨야 한다. 본 적도 없고 알지도 못하는 우리에게 그분들로서는 구원의 손길을 내민 셈이니까⋯⋯.

　그렇기는 하지만, 어째서 사람들은 나의 진의를 몰라주는 것일까? 우리 셋이 이런 생활을 하고 있는 것은 싫으면서도 억지로 그러는 것이 아니라 스스로가 원해서, 그런 가운데 행복을 찾아내고 있다는 사실을 말이다.

하긴 남들이 볼 때는 실로 비참하게 보이리라. 집이라고 해보았자 다다미 두 장짜리 방 한 칸. 내 침대가 놓여있으니 두 아이는 나머지 한 장의 다다미 위에서 지낸다. 침대 아래가 서랍이다. 북측 벽에 십자가와 성모상, 그리고 꽃이 놓여있고, 그 옆에 선반이 있어 책이 꽂혀있다.

식사는 이웃에 사는 할머니 신세를 지고 있다. 집이 아니라 상자라고 캐나다인 신부님이 말했다. 건축 허가원을 냈더니 나가사키 현에서 가장 작은 집이라고 했다. 가재도구도 거의 없다. 나는 푹푹 숨을 내쉬며 잠만 잔다. 이따금 돌아누워 배를 방바닥에 깔고 원고를 쓸 뿐 다른 일은 하나도 못한다. 좀 무리해서 움직일라치면 이내 심장이 아파온다. 아이들 뒷바라지는커녕 단추 하나 꿰어주지도 못한다. 이런 비참한 모습을 보다 못해 재혼을 권유받은 적은 또 몇 차례이던가? 이 집안에 새롭게 여성의 손길이 보태지면 하루하루의 생활이 얼마나 편해질까! 나도 수월하고 아이들에게도 좋고…….

혼담은 모두 훌륭했다. 나는 사람들의 친절에 감사했다. 오로지 내가 "예" 하고 한마디만 대답하면 집안이 당장에 훨씬 쾌적해질 수 있다. 나 역시 세심한 간호를 받을 수 있다. 아이들도 깨끗해지고 맛있는 음식을 먹을 수 있다. 무엇보다 배급을 타러 갈 때마다 이웃의 신세를 지지 않아도 된다.

그렇지만 나는 한결같이 "아니요" 하고 고개를 흔들었다. 중매인들로부터 "알 수 없는 사람이야" "어지간히 고집불통이군" 하는 말을 들을 정도였다. 그리고는 오늘에 이르기까지 남들 눈에 불쌍하게 여겨지는 생활을 해왔다. 그러니 결코 어쩔 도리가 없어서 이렇게 사는 것은 아니다. 이렇게 살고 싶으니까 이러고 있는 것이다.

이제 와서 가야노를 양녀로 보낼 셈이면 벌써 재혼을 했으리라. 재혼도 하지 않고 아이를 남의 집에 보내지도 않는 이유는, 이 아이의 어머니는 오직 한 사람이기를 바라기 때문이다. 계모를 만들어주고 싶지 않기 때문이다. 이 아이들이 지니고 있는 '어머니'를 고이 간직하게 해주고 싶기 때문이다.

나는 두 아이에게 남겨줄 유산이 아무것도 없다. 나마저 죽고 나면 두 아이는 오로지 부모에 대한 그리움만을 간직할 따름이다. 다시 말해서 나와 아내는 두 아이에게 '그리움'만을 남겨두고 세상을 떠나게 된다. 그러기에 하다못해

이 그리움을 아름답게 남기고 싶은 것이다. 그윽한 추억, 맑디맑은 추억—순수한 부모의 추억!

'어머니!'

이것은 이 아이들의 자그만 가슴 속에 숨겨진 보물이다. 오직 하나, 더럽혀지지 않고 빛나는 구슬이다. '어머니' 하고 슬며시 불러본다. 그러자 어렴풋이 떠오르는 오직 하나의 얼굴! 그것은 평생 사라지지 않는 거룩한 얼굴이다.

만일 내가 다시 아내를 맞는다면 아이들은 그 여성을 향해 '어머니'라고 불러야 한다. 만일 가야노를 양녀로 준다면 그 집의 주부를 '어머니'라고 불러야 한다. 그렇게 되면 어머니를 불렀을 때 이 아이의 눈에는 두 얼굴이 겹쳐지고 만다. 친어머니는 이미 고인이 되었는지라 점점 희미해지고 말 것이며, 그로 인해 '어머니'라는 보물의 가치마저 떨어지고 말리라.

죽은 아내를 떠올릴 때, 내 아내로서는 평범한 여성이었다는 정도밖에는 생각하지 않는다. 하지만 아이들의 어머니로서 떠올리자면 내가 함부로 손을 델 수조차 없는 귀한 존재이다.

괴로워하거나 쓸쓸해하는 것도 앞으로 10년이다. 10년 동안 꾹 참고 지내면 그뿐이다. 부모에 대한 그리움은 일생의 보물이다. 그런 것을 고작 10년을 참지 못하고 팔아버린다면 이 얼마나 어리석은 일인가.

10년만 지나면 이 아이들도 어른이 되어 저마다 가정을 꾸미고 이윽고 자식을 낳으리라. 아버지가 되고 어머니가 되었을 때, 이 아이들은 비로소 나의 참뜻을 헤아려주게 되리라.

부모의 추억

예사 개구쟁이가 아니었던 아버지는 초등학교조차 졸업하지 못했다. 어느 여름날에는 마을 사람들의 믿음을 한몸에 받던 지장보살을 강 속으로 던져 넣었다. '첨벙' 하는 물소리에 놀라 밭에서 일하던 마을 사람들이 달려오자 아버지는 천연덕스럽게 말했다고 한다.

"지장보살님도 목욕을 시켜드리니까 좋아하시잖아요. 보세요, 저렇게 싱글벙글 웃으시는데……."

가을이 되자 학교 교정에 있는 배나무에 올라가 배를 따 먹으며 교실을 창 너머로 내려다보면서 수업을 들었다. 교장 선생님이 쫓아 나와 야단치자 나뭇가지를 마구 흔들어 딱딱한 배를 선생님 머리 위로 떨어뜨리고는 "맛있지요? 몇 개 더 떨어뜨려 드릴까요?"라며 큰소리로 물었다.

선생님은 화가 머리끝까지 치솟아 "냉큼 내려와!"라고 외쳤다. 아버지는 나무 위에서 내려가지 않겠다고 버텼다. 그렇게 나무 위아래에서 문답이 이어지는 사이에 해가 저물고, 서로의 모습은 보이지 않고 목소리만 오고가게 되었다. 급기야 교장 선생님은 잔뜩 쉬어버린 목소리로 "너는 퇴학이야!"라고 선언했다.

그것이 아버지의 첫 번째 퇴학이었다. 그로부터 무려 여섯 번이나 이 학교 저 학교에서 퇴학을 당한 끝에 결국에는 사방 5리 이내에는 다닐 학교가 없어져 버렸다.

도리 없이 할아버지는 학교 선생님 한 분을 집에 하숙시켜 가정교사를 시켰다. 그런데 아버지가 얼마나 이 선생님을 놀려댔던지 이번에는 선생님 쪽이 퇴학 아닌 퇴각을 하고 말았다.

마침내 할아버지도 단념해 버렸다. 한의사였던 할아버지는 그로부터 스무 살이 될 때까지 아버지에게 농사를 짓도록 했다. 이즈모(出雲) 지방은 산골이었다. 그 마을은 히노가와라는 강 상류에 있으며, 일본 신화 속에 나오는 바로 그 스사노오노미코토(일본 왕실의 조상신으로 일컬어지는 아마테라스 오오미카미의 동생_역자)와 오로치가 세운 마을이었다.

아버지는 청년이 되어서도 변함이 없었다. 그러니 누구 하나 상대해주는 사람이 없었다. 무엇이 아버지의 숨겨진 재능을 일깨웠는지는 모르나 21세가 되던 해, 아버지는 느닷없이 자신의 길을 찾아 집을 뛰쳐나갔다. 마을 사람들은 누구나 "한 50년쯤 지나면 걸인이 되어 비틀거리며 돌아올 게 틀림없다"고 말했다.

그로부터 4년 뒤, 25세가 된 아버지는 의사 자격증을 손에 쥐고 늙은 할아버지 앞에 나타났다.

"그 사고뭉치가 의사가 되었다!"

마을 사람들은 눈을 휘둥그레 떴고, 자신들의 귀를 의심했다. 밤낮없이 가출한 아들을 위해 기도를 올려온 할아버지조차도 눈앞에 모닝코트 차림으로 점잖게 앉아 있는 자기 아들의 변화된 모습과 자랑스러운 의사 자격증을 몇 번씩이나 눈을 비비고 안경을 고쳐 써가면서 쳐다볼 따름이었다.

아버지는 가출한 다음 다이샤(大社) 근처에 있는 병원에서 식객으로 묵게 되었다. 그리고는 현관 문지기, 약국 담당, 진찰과 수술 보조원, 왕진 가방을 들고 다니는 의사의 수행원 등을 죄다 맡아했다고 한다. 밤이면 병원에 있는 의학서적을 빌려 공부를 했다. 날이 밝는 것도 모르고 정신없이 책을 베끼며 공부한 날도 숱했다고 한다. 농사일로 단련된 몸이었기에 가능한 일이었으리라.

아버지는 그후 마쓰에(松江)로 나가 당시 산인(山陰) 지방 제일의 명의로 꼽히던 다노(田野) 박사의 산부인과 병원 식객이 되었다. 여기서도 낮에는 잡역부로 충직하게 일하고, 밤이면 박사의 장서를 베끼면서 공부를 게을리 하지 않았다. 그 풍부한 장서들이 아버지의 두뇌를 얼마나 살찌워 주었는지 모른다. 다노 병원에서는 지금껏 '책벌레 나가이' 라는 말이 전해져오고 있을 정도니까 엄청나게 열심히 공부한 것이 틀림없다. 더구나 겨우 4년 동안의 독학으로 한꺼번에 의사 개업 시험을 전기, 후기 둘 다 합격해 버렸으니 말이다.

아버지는 그로부터 3년가량 다노 병원에서 근무하면서 은혜를 갚았다. 그동안 결혼도 했고, 마침내 내가 그곳 병실에서 태어났다. 28세 때에는 고향의 이웃 마을로부터 초청을 받아 그곳에 개업을 했다. 바로 이이시무라(飯石村)이다. 집 뜰에 멧돼지가 놀러오기도 하고, 숲에는 원숭이가 있으며, 여우가 우짖어 신화시대와 문화의 정도에서는 그리

차이가 없던 산속에서 젊은 의사 부부가 어떤 일을 했던가 하는 것은 또 하나의 애틋한 이야깃거리가 되었다.

나는 그 무렵이 되어서야 젊은 시절의 아버지와 어머니가 아름다운 이상을 품고 그 산촌에 새로운 문화를 창조하려고 애썼다는 사실을 알게 되었다. 두 사람은 항상 함께 왕진을 가거나, 의학서를 공부하거나, 샤미센(일본 전통 현악기_역자)을 연주하며 노래를 부르거나, 강으로 은어 낚시를 가거나, 등산을 하거나, 승마 준비를 하곤 했다. 그 정겨운 모습이 그리움으로 떠오른다.

아버지는 59세가 되던 해 직장암으로 세상을 떠났다.

어머니는 거의 연년생으로 잇달아 아이 다섯을 낳았다. 가난한 개업의의 아내로서, 대리 의사로서, 한편으로는 마을의 문화를 높이기 위한 일거리까지 있어 우리 다섯 형제를 키우는 것이 예사 고통이 아니었으리라. 그러나 나는 어머니의 찌푸린 얼굴을 본 기억이 없다. 언제나 환하게 웃으며, 구김살 없는 목소리로 얘기하곤 했다.

그렇지만 가정교육은 엄했다. 장난질이나 잘못은 조금도 야단치지 않았으나 버릇없이 굴거나 건방진 행동만은 반드시 꾸짖었다. 아버지와 어머니는 단 한번도 나에게 공부하라고 말한 적이 없었다. 나는 아버지와 어머니가 매일 밤 너무나 재미있게 공부하는 모습을 보고, '공부란 즐거운 것이로구나' 하고 생각했다. 산비둘기가 우는 밤, 호롱불 아래에서 의학서 한 권을 가운데에 펼쳐놓고 조용히 공부를 하던 젊은 부모였다.

오로지 추웠던 기억밖에 나지 않는 걸 보면 이건 아마도 내가 다섯 살 무렵의 일이었던 것 같다. 앞뒤의 사건 내용은 잊어버렸는데, 여하튼 내가 뭔가 몹시 건방진 말대꾸를 했던 모양이다. 어머니가 느닷없이 나를 붙잡고 옷을 다 발가벗겼다. 손발을 파닥거리며 버둥대는 나를 가볍게 안고서 방문 쪽으로 가 '휙' 하고 미닫이를 열었다.

바깥에는 눈이 내리고 있었다. 아마 마루 아래로 눈이 2미터는 쌓여 있었던 것으로 기억한다. 그 엄청난 눈 속으로 나를 단숨에 던져버렸다. 온몸으로 퍼지던 냉기와, 마음마저 뒤덮던 하얀 불안이 여태껏 내 감각에 송두리째 남아 있다.

버릇없고 고집 센 장난꾸러기인 주제에 또 울보였던 나를, 고분고분하고도 강한 아이로 키우느라 어머니가 얼마나 마음고생을 하셨을까……? 이 역시 요즘이 되어서야 끊임없이 돌이켜지는 일이다.

나를 발가벗겨 눈 속에 던진 어머니……. 내가 중국의 산둥성(山東省)에서 공산군과 싸우고 있던 1939년 1월, 땅은 얼어붙고 눈이 쉴 새 없이 내리던 어느 날 밤의 일이었다. 나는 꿈속에 이이시무라의 집으로 돌아갔다. 부엌의 큰 기둥 뒤에서 어머니가 나타났다. 어머니는 뒷머리를 묶어 올리는 중이었다.

"아니, 다카시 짱이잖아? 추웠지? 자, 이걸 마셔봐."

그렇게 말하며 내민 것은 김이 모락모락 나는 미소시루(일본 된장국_역자)였다. 나는 그걸 후루룩 마시면서 "아아, 따끈따끈해요, 어머니!"라고 말했다.

꿈을 깨고 보니 나는 눈 아래에 완전히 묻혀 있었다. 날은 이미 밝았고, 눈을 뚫고 하얀 햇살이 비치고 있었다. 그것은 이미 저 어린 날 눈 속에서 느꼈던 하얀 불안이 아니었다.

인형을 기다리는 아이들

"다녀왔습니다아!"

씩씩하게 외치며 학교에서 돌아온 가야노를 기다리고 있는 것, 그것은 내 머리맡에 놓인 커다란 소포였다.

"야아, 소포다! 누구에게 온 거야?"

"글쎄다. 누구에게 왔는지 주소를 읽어보렴."

"가, 야, 노, 짱…… 가야노잖아?"

가야노는 활짝 웃으면서 두 손으로 소포를 들어 올린 다음, 귀에 대고 흔들어 보았다.

"뭐가 들어 있을까?"

"그러게, 뭘까?"

"누가 보내준 거야?"

"그걸 모르겠어."

"몰라?"

"응, 몰라. 보낸 사람의 주소도 이름도 적혀 있지 않은걸."

"그러네. 열어봐도 돼?"

"물론이지. 가야노에게 온 것이니까. 보내주신 분이 정성을 다해 포장한 것이니까 풀 때에도 조심하고. 끈을 풀고 포장지는 곱게 뜯어서 접고……."

가야노는 상자 속에 무엇이 들었는지 궁금해서 견딜 수 없다는 표정을 지으면서도 끈의 매듭을 조심조심 하나씩 풀어나갔다. 기대에 가득 찬 상기된 그 표정을 보면서 나는 한없는 행복과 감사를 느끼고 있었다.

드디어 소포의 포장이 벗겨졌다. 안에 있는 상자의 뚜껑을 열자마자 가야노가 외쳤다.

"야아, 인형이다. 너무 좋아!"

가야노는 인형을 집어 들더니 가슴에 꼬옥~ 끌어안고서 뺨을 비볐다.

이 아이가 이토록 밝은 소리를 내고, 이토록 기뻐하는 모습을 본 것은 나로서도 난생 처음이라는 생각이 들었다. 그래서인지 나도 모르게 눈물이 솟구쳤다.

상자 안에서 나온 것은 인형뿐이 아니었다. 인형의 속옷에서부터 윗도리, 반코트, 에이프런, 잠옷, 슬리퍼, 구두, 모자, 이불, 베개에 이르기까지 일본식과 서양식 옷차림 한 벌씩이 모두 갖추어져 있었다. 그것도 정성껏 재봉을 한 물건들이었다. 단지 크기를 인형에 맞추었을 뿐 앙증맞게 수까지 놓았으며, 장식 단추까지 제대로 달려있었다.

모를 일이긴 하지만 그 분야에 재주가 비상한 아가씨가 만든 게 아닐까? 인형 또한 수제(手製)이긴 했으나 튼튼하게 만들어져 가야노가 아무리 거칠게 옷을 갈아입혀도 망가질 것 같지 않았다.

가야노는 이내 인형에 빠져들어 여러 가지 옷을 입혀보았다가는 벗기고, 벗겼다가는 입혀보곤 했다. 얼마나 재미있는 놀이일까! 가야노에게도 이처럼 즐거운 놀이의 세계가 있었던 것이다. 그런 사실조차 까마득하게 몰라준 아버지의 서글픔, 여태껏 단 한번도 그런 기회를 주지 못한 무심한 아버지…….

어디에 사는 아가씨인지는 모르지만 어쩌면 이렇게 가야노가 갈구하던 꿈의 세계를 잘 알아내어 인형놀이의 즐거움에 빠져들게 만들어주었을까? 과연 여성이다, 역시 여성이다. 아이를 키우는 데는 뭐니 뭐니 해도 남자의 거친 손만으로는 제대로 될 턱이 없다는 사실을 새삼 절절히 깨달을 따름이었다.

"엘리자, 어서 일어나! 벌써 7시란 말이야. 학교에 지각하 겠는걸. 자, 일어나, 눈을 비비고, 기지개를 켜고, 잠옷을 벗 고……. 오늘은 무슨 옷을 입을래? 이 노란 옷? 이 소매가 긴 물색 옷? 아니, 이런, 속옷 입히는 걸 까먹으면 어떻게 해! 이 엄마가 너무 덤벙대지? 미안, 미안. 빨리 입지 않으면 감기에 걸려요! 감기에 걸리면 아빠한테 주사를 맞고 말거 야……."

곁에서 듣고 있는 나도 전혀 질리지가 않았다. 가야노는 혼잣말을 하면서, 자신이 어머니로부터 듣고 싶었던 말을 하고 있는 것이었다.

이튿날 가야노는 인형을 학교에 가지고 갔다. 놀라운 일 은, 방과 후 돌아온 가야노의 뒤를 따라 여러 친구들이 함께 쫓아온 사실이었다. 학교에서 인형놀이를 했건만, 그래도 성이 차지 않아서 집에까지 따라온 것이었다. 모두가 전재 (戰災) 아동들이었다. 인형을 갖고 싶어도 가져 볼 수 없는 폐허 위의 아이들이었다.

양지 바른 쪽에 옹기종기 모여 앉아 인형놀이를 하고 있는 아이들을 물끄러미 바라보면서 나의 상념은 멀리멀리 넓게 퍼져나갔다.

'가야노는 인형을 받고 저렇게 기뻐하고 있다. 그렇지만 인형을 갖지 못한 어린이가 가야노 곁에 저렇게 많이 있다. 그러니 일본 전체로 따지면 얼마나 많이 있을까? 어머니가 없는 아이, 아버지가 없는 아이, 아버지도 어머니도 없는 아이, 달랑 입고 있는 옷밖에 없는 전쟁고아들이여! 너희들 모두가 인형을 갖고 싶겠구나……. 인형과 갈아입힐 옷을 주면 다들 저렇게 즐거워할 것을…….'

나는 지난 한 해 동안 나와 우리 아이들의 사생활을 글로 써서 발표해 왔다. 그것은 우리 가족에게 세상의 동정을 모으려고 한 일은 아니었다. 일본 어디를 가든 우리 가족과 비슷한 처지의 사람들이 있다. 그것이 전쟁 탓이라서 불평을 털어놓지도 못하고, 불만을 호소할 데도 없이 이를 악물고 고통을 견뎌내고 있을 따름이다.

나는 그들을 대신하여 글을 써왔다. 어느 마을에나 외로운 가야노는 있다. 어느 동네에나 어미를 잃은 가야노는 있다. 인형을 주면 이렇게도 기뻐 어쩔 줄 몰라 할 가야노가!

나는 독자들로부터 편지를 받곤 한다. 그 모두가 우리 가족에게 보내는 깊은 애정의 목소리다. 그 가운데에는 가야노에게 인형을 만들어주겠다든가, 양복을 맞춰주겠다는 제의도 많다. 그러면 나는 언제나 이런 답장을 쓴다.

"우리 가족의 불편한 생활에 대해 낯선 당신이 이토록 고운 정을 보내주셔서 무어라 감사를 드려야 할지 모르겠습니다. 하느님의 말씀에 '너희가 여기 있는 형제 중에 가장 보잘 것 없는 형제 하나에게 해 준 것이 바로 나에게 해 준 것이다'라고 하신 것처럼, 당신의 애정은 하느님께 보내지는 것입니다.

그러나 나는 지금 당신에게 또 하나의 애정을 구하고자 합니다. 그것은 당신 바로 곁에 있는 가야노들을 향한 애정입니다. 주의 깊게 당신의 이웃을 살펴봐 주십시오. 당신의 마을을 둘러봐 주십시오. 그늘에 숨어 지그시 눈물을 삼키고 있는 고아와, 반쪽 고아와, 머지않아 고아가 되고 말 아이가 반드시 있을 것입니다.

이렇게 일부러 멀리 나가사키의 가야노에게 사랑의 손길을 내밀기 전에, 먼저 당신 가까이에 있는 외로운 아이들에게 부디 그 손길을 내밀어 주시기 바랍니다.

'생각건대, 사람이 지켜야 할 최대의 도리는 이웃을 내 몸같이 사랑하는 것일지니' 라고 하지 않습니까.

이제 곧 크리스마스도 다가옵니다. 부디 당신의 친구들과 상의하여 손수 만든 인형이든 손수건 한 장이든, 당신 마을의 어린이들에게 보내주시기 바랍니다. 일본의 온 동네 가는 곳마다, 조그만 사랑의 손길이 펼쳐질 수 있다면 아이들의 기쁨은 얼마나 클까요?

저로서도 제 딸 가야노가 인형을 선물 받은 것보다, 당신이 그렇게 해주시는 편이 훨씬 더 기쁘겠습니다."

악의 없는 학대

우리는 5형제였다. 그러나 여동생 가운데 한 명은 남편이
징병을 나간 후 어려운 생활 탓으로 죽었다. 나와 두 명의
여동생은 모두 전쟁으로 반려자를 잃었고, 부부가 살아남
은 것은 남동생뿐이다.

그 남동생이 중앙아시아에서 귀환해 와 가족을 데리고 내
집에서 함께 살게 되었다. 지난 2년 동안 쥐죽은 듯 고요했
던 집안이 느닷없이 소란스러워졌다. 그런 광경을 곁에서
지켜보며 나는 생각했다. 부부와 아이들이 모두 모여서 사
는 슬픈 추억이 없는 가정은 이렇게 행복한 것인가? 하
고…….

그렇다고 웃음소리가 많은 것은 아니다. 아니 오히려 고
함소리, 아이들 우는 소리로 온종일 시끌벅적하지만, 고함

을 지르고 야단을 치고 눈물을 흘리고 하는 모습조차 너무나 당연하게 여겨진다. 아버지는 때때로 벼락같이 야단을 치면서 행복을 느끼고, 어머니는 입이 아프도록 아이를 혼내면서 행복에 잠기고, 아이들은 큰소리로 엉엉 우는 게 행복인 것이다.

나는 마코토를 오무라(大村)로 보냈기 때문에 유치원에 다니는 가야노와 할머니, 이렇게 세 사람이 생활하고 있어서 큰소리치는 일은 거의 없다. 또한 가야노는 어린 마음에도 자신이 응석을 부리면 병자인 아버지에게 미안하다고 생각하는지 떼를 쓰지도 않고, 혹시 다쳐서 약간 피가 나더라도 말없이 집으로 돌아온다.

나 역시 어쩌다 답답한 나머지 고함을 지르고 싶을 때가 있지만, 야단맞은 뒤 상냥하게 달래줄 어머니가 없는 어린 녀석의 마음을 생각하면 큰소리가 나오지 않는다.

그날은 아내의 뼈를 묘소에 묻은 다음, 산속의 집으로 피난 가 있는 아이들을 찾아간 날이었다. 판자문을 열고 안으로 들어섰더니 마침 그때 마코토와 가야노가 매미를 잡아놓고 있었다. 두 녀석은 피범벅인 나를 보고 뒷걸음질을 쳤다. 그리고는 한동안 내 얼굴을 물끄러미 올려다보더니 황급히 문 쪽으로 달려가 바깥을 내다보았다. 그러나 거기에는 녀석들이 기다리고 있던 엄마의 모습은 없었다.

매미가 마코토의 손을 벗어나 울면서 날아갔다. 그날 이후 이 두 아이는 '엄마'라는 말을 입에 올리지 않았다.

불행한 자는 어느 결에 그 불행에 익숙해져 불행을 느끼지 못하게 된다. 우리는 셋 다 쓸쓸하고 허전하여 큰소리조차 내지 않는 생활에 젖어버렸다. 가야노는 어린 마음에 이 세상이 다 그런 줄 알았던 모양이다. 그런 우리의 삶 속으로 행복한 남동생 가족이 뛰어든 셈이었다.

"엄마! 엄마!"

어린 계집아이는 입만 열면 제 어미를 부른다. 그러면 제수씨는 "왜 그래에~?" 하고 대꾸한다. 그 녀석이 "엄마" 하고 한 번 부를 때마다 가야노의 자그만 가슴에는 바늘 하나가 쑤셔 박힌다. "왜 그래에~?" 하고 제 어미가 대답할 때마다 가야노의 자그만 가슴에 또 하나의 바늘이 파고든다. 그들 모자는 끊임없이 가야노의 가슴에 아픈 바늘을 꽂으면서도 눈치 채지 못하고 아무런 악의 없는 '엄마' '왜 그래'

를 쉴 새 없이 되풀이한다.

저녁 무렵, 잠에서 깨어난 어린 조카 녀석이 제 사촌 언니인 가야노 곁에는 어머니의 모습이 보이지 않자 "엄마는?" 하고 물었다. 일순 멍해진 가야노가 "우리 엄마는 말이지…… 천국!" 이라고 대꾸했다.

하필이면 그때 제수씨가 부엌에서 돌아왔다. 조카 녀석이 "엄마" 하고 부르며 달라붙었다. 가야노는 벌떡 일어나 미닫이 쪽으로 가더니 문고리를 손가락으로 만지작거리기 시작했다.

눈물이 마를 날은 언제인가

가야노는 좀체 울지 않는 아이였다. 저녁이 되면 나조차 도 죽은 아내가 떠올라 눈물이 솟구치곤 하는데도, 가야노 는 황량한 잿더미를 멍하니 쳐다보며 입술을 깨물고 있다. 벽돌 더미에 걸려 넘어지거나 기와 조각에 무릎이 긁혀도 말없이 조그만 손으로 피를 닦을 뿐이다.

커다란 들개 한 마리가 으르렁거리며 덤벼들었을 때에도 얼굴은 새파랗게 질려서 판잣집으로 뛰어 들어오면서도 비 명 한번 지르지 않았다. 외롭거나 슬프거나 두려워도 오직 입술을 '꾹' 깨물고 속으로 참는 아이가 된 것이다.

이웃 사람들과 나를 찾아오는 사람들이 어머니를 잃은 녀 석이라고 특별히 귀여워해 주었기 때문에 가야노는 차츰 외로움을 잊어가는 듯했다. 유치원에 다니기 시작한 뒤로는 노래와 춤을 배워 와서는 좁은 방안에서 홀로 노래를 부르며 춤을 추기도 한다.

처음에는 어린아이라고는 마코토와 가야노 둘밖에 없는 동네였지만, 귀환자들이 하나둘 집을 지으면서 친구도 많이 생겨났다. 요즘은 가야노도 완전히 명랑함을 되찾아 얼굴이 환해졌다. 우리 집 부근은 어린아이들의 떠들썩한 소리로 항상 북적거렸다. 나는 가야노가 행복을 되찾은 모습이 무엇보다 기뻤다.

함께 살게 된 남동생은 중국 신징(新京)의 의과대학에서 근무하다가 일본이 항복하기 직전에 징집되어 소련에 보내졌었다. 신징에 남겨진 가족은 아내와 두 아이였다. 소련군의 진주, 중국의 국공(國共) 내전에서도 이 두 아이들은 단 한시도 제 어미의 곁을 떠난 적이 없었다. 이 아이들은 어미와 떨어진 세상은 없었던 셈이다.

두 아이는 걸핏하면 운다. 둘째인 세 살짜리 계집아이는 아침에 눈을 뜨자마자 우선 1시간쯤은 반드시 울음을 터뜨린다. 넘어져도 울고, 귤을 달라며 울고, 오줌을 쌌다고 울고, 등잔이 꺼져도 울고, 싸움을 해도 운다. 하루의 3분의 1은 우는 소리를 낸다. 울면 제 어미가 달려가 어떻게 해서든

달랜다.

　달래지 않고 내버려두면 30분이건 1시간이건 계속해서 운다. 눈물도 나오지 않는데 소리만으로 울고 있다. 왜 우는지 저 자신은 물론 주위 사람들조차 잊어버릴 때까지 계속해서 운다. 슬퍼서 우는 게 아니다. 아파서 우는 것도 아니다. 제 어미가 달래주기를 바라며 우는 것이다. 다정한 손길로 어루만져 주기를 바라기 때문에 우는 것이다.

　제 어미가 배급품을 타러가거나 하여 외출을 하면 더 난리가 난다. 마치 비행기 두 대가 집 안으로 날아 들어온 듯하다. 다른 사람이 제 아무리 정성을 쏟아 이리저리 어르고 달래보았자 소용이 없다. 어머니를 부르며 난리법석을 피우는 두 대의 작은 비행기를 멈추게 할 수가 없다. 그러다가 제 어미가 돌아오면 울음을 '뚝' 그치고 금세 웃음을 짓는다.

　위의 사내아이는 초등학교 1학년에 편입했다. 학교에 다니기 시작한 지 일주일째 되는 날이었다. 제수씨는 볼일을 보러 나가고 없었다. 그걸 알 리 없는 녀석이 씩씩하게 "학교 다녀왔습니다!" 면서 집으로 들어섰다. 집안이 쥐죽은 듯 고요했다. 미닫이를 열었다. "이제 오니?" 하면서 맞아줄 어머니가 없었다. 녀석은 '으앙' 하고 울음을 터뜨렸다. 가방을 등에 멘 채 집 안팎을 들락날락거리며 "엄마, 엄마!" 하며 울고불고했다.

그때 가야노는 내 곁에 앉아 있었다. 처음에는 울고불고 날뛰는 녀석을 바라보며 "왜 저 모양이야" 하며 웃더니 차츰차츰 얼굴이 어두워졌다. 어린 가슴 속에 잃어버린 행복에 대한 그리움이 되살아났기 때문이리라. 가야노는 제 어미를 찾아 난리를 피우는 사촌에게 부러운 눈길을 던지고 있다. 그 자그만 가슴에는 도저히 억누를 길 없는 커다란 서글픔이 들끓고 있는 것이다. 오늘 아침에 헤어져서, 오늘밤이면 다시 만날 어머니가 지금 이 자리에 없다고 해서 가야노보다 나이가 한 살 위인 사촌이 저다지도 울고 있다. 가야노는 그 천 배, 만 배 울고 싶었을 것임에 틀림없었다.

그렇지만 가야노는 울지 않는다. 입술을 깨물고 내 머리맡 가까이에 가만히 앉아 있다. 나는 이때 비로소 가야노가 울지 않는 아이가 된 이유를 알았다.

웃음을 잃은 사람은 불행하다는 말이 있다. 울지 못하는 아이는 더욱 불행하다. 왜냐하면 달래줄 어미가 없기 때문이다.

빵

동생이 중앙아시아에서 돌아온 지 얼마 지나지 않아 여동생의 남편도 시베리아에서 귀환하여 함께 살게 되었다. 둘다 관동군 소속이어서 항복한 뒤 소련으로 끌려가 수용소에서 중노동을 했다고 한다. 그런 만큼 이야기가 서로 잘 통하는 모양이었다. 날마다, 일어나서 잠자리에 들 때까지 그곳에서의 생활에 대해 이야기를 주거니 받거니 하면서 이따금 혀를 차기도 했다.

나는 며칠 동안 두 사람의 이야기를 침상에서 듣다가 그만 마음이 아팠다. 두 사람의 이야기 주제가 언제나 빵에 관한 것이었던 탓이다. 수용소에서 나눠주던 빵의 양에 대해 날마다 비교하고, 의견을 나누며, 그 시절을 회상하는 것이다. 그리고 그것이 실로 흥미진진한 모양이었다.

소련에서의 두 해 동안은 시종 빵의 생활이었으며, 빵을 위한 생활이자 빵에 의한 생활이었다. 공산주의 나라에서는 빵 이외의 일을 염두에 둘 수가 없었다. 아니, 빵 이외의 일은 염두에 둘 수도 없는 상황이었다. 거기서는 사람들이 빵에 의지해서만 살아가고 있다!

자네, 수용소의 급여는 어땠어? 글쎄, 기본은 되었겠지. 그래? 그거 다행이군, 내가 있던 곳은 말이야, 너무 형편없었다구. 그 쪽은 산속이었으니까 그랬겠지. 내가 있던 곳은 사령부 근처였으니까 까다로워서 말이지, 눈곱만큼도 변통을 할 수 없었어. 규정대로만 주었지……. 그런데 자네는 무슨 일을 했어? 건설작업이었지, 막노동 말이야. 급여도 C급이었어. 하하하, 그러면 하루에 빵 300그램이었겠군. 응, 300그램이었지만 겨울에는 땅이 얼어붙어 있어서 파지지가 않아. 그래서 100퍼센트 목표 달성을 못하니까 대개 250그램뿐이었지. 그걸로는 배가 고파 견딜 수 없었겠군. 나는 의무실 근무였어. 그래? 그러면 C급이니까 300그램이었겠군. 그래, 300그램이었어. 의무실이라면 항상 정량이었을 테니까 괜찮았겠지만 막노동 쪽은 그날그날의 작업량에 따라 빵을 줄이니까 힘들 수밖에……. 일하지 않는 자는 먹지 못한다는 것이 원칙이었으니 말이야. 한 자만 더 파면 50그램을 덤으로 받는다든지, 그러면 400그램이 되니까 이제 그만두자든지, 굴착기로 한 삽 뜨면 빵 몇 그램이 되는지 등등 요모조모 따져가면서 일을 하는 자들도 있었댔지……. 일이 온통 빵, 빵이었어. 그러나 결국 그런 식으로는 능률이 오르지 않아. 그것은 틀린 방법이야. 자기에게 할당된 일을 어떻게 하면 10그램이라도 더 많은 빵으로 바꿀 수 있을까만을 오로지 궁리하는 실정이었으니까 말이야……. 이런 일도 기억이 나는군. 우리는 들판 한쪽을 파고 있었어. 무엇 때문에 파는지도 알려주지 않았어. 그저 '3입방미터를 파면 100퍼센트'라는 사실만 알려주더군. 무턱대고 파기만 했지. 파지 않으면 빵이 사라지니까. 그런데 아무리 파도 그만두라는 말이 없어. 감독하던 소련군 하사관은 끊임없이 고개를 갸웃거리며 무얼 따져보는 눈치야. 그러더니 조금 더 파라는 거야. 내가 참지 못하고 물어보았지. 도대체 무슨 목적으로 파는가 하고 말이야. 그랬더니 수도관의 분기점을 판다는 거야. 그 분기점이 어딘지 확실하게 아느냐고 다시 물었더니 여하튼 이 부근일거라는 거야. 알쏭달쏭

한 얘기잖아? 그래서 내가 주위를 자세히 살펴보니까 200미터쯤이나 뚝 떨어진 곳에 수도전 4군데가 나와 있었어. 그것을 연결한 직선 두 개의 교차점이 바로 분기점이라는 사실은 금방 알아차릴 수 있잖아? 내가 그 하사관에게 그렇게 말했더니 '과연 그렇겠군' 하면서 감탄하더군. 하지만 하사관이 이렇게 말했어. 그 먼 곳까지 직선을 긋기가 어렵다구 말이야. 하하하, 지금도 생각하면 유쾌하군. 선을 긋지 않아도 군인들을 줄 세워 측정하면 될 거라고 일러주면서 그대로 실행해 보였지. 하사관은 깜짝 놀라면서 감탄사를 연발했어. 교차점은 이내 확인되었지. 우리는 그곳을 파기 시작했어. 식은 죽 먹기였지. 쇠파이프의 분기점이 드러났어. 그런데 문제는 그게 아니야. 우리는 목표인 분기점을 파냈으니까 작업을 끝내려고 했지. 그랬더니 하사관이 아까 팠던 구덩이에서 분기점까지 땅을 파라고 명령하는 거야. 에? 그건 또 왜 그래? 하사관의 말씀은 이랬어……. 이대로 끝내면 나중에 감독관이 와서 작업량을 결정할 때 이 분기점을 판 구덩이의 크기만을 계산에 넣을 테니까 빵의 양이 적어진다. 그러면 처음 구덩이를 파느라 일을 한 것이 모두 소용없게 되고 만다. 그러니 그쪽 구덩이에서 이쪽 구덩이까지 파서 이어놓으면 아무 문제가 없다. 빵을 위한 일이야. 자, 어서 파라구……! 어때? 놀랐지? 우리는 빵을 위해 아무런 의미 없는 구덩이를 파느라 저녁 늦게까지 땀을 뻘뻘 흘려야 했어.

대충 이런 식의 이야기를 두 사람은 꼬리에 꼬리를 물고 머릿속에 떠오르는 대로 이어나갔다. 어느 날 내 친구가 소련에서 돌아와 나를 찾아왔는데, 이 친구 역시 칼로리 계산과 빵 이야기밖에 하지 않았다. 장교나 사병이거나 소련에 가면 빵 외의 딴 생각은 하지 못하게 되는 모양이었다.

인간은 충분한 빵을 지니면 빵에 대한 걱정이 사라지니까 빵 문제를 잊고 영혼에 관해 생각할 여유가 생겨난다. 빵을 전혀 갖지 못하면 죽음이 두려워 역시 영혼에 관해 고민하게 된다. 하지만 필요량보다 약간 적게 주어져 항상 가벼운 공복감을 느낄 정도가 되면 언제나 빵만을 떠올리게끔 된다.

더군다나 그것이 노동량과 연계되어 좀 더 많은 일을 하면 배부르도록 주고, 약간 게으름을 피우면 그만큼 배가 고프도록 해 둔다면 저절로 머릿속에는 빵밖에 남지 않는다.

그런 상태로 만들어 지면 눈을 뜨고 있는 동안에는 빵밖에 없는 법이다. 도무지 영혼 따위는 떠올릴 여지가 없다.

반죽음

"다카시 녀석은 반죽음이었어요. 저 머리통이 약간만 더 컸더라면 이 세상의 빛을 볼 수 없었을 게야."

오테츠(お鐵) 숙모 집에 갈 때마다 숙모는 가늘고 길쭉하게 비뚤어진 내 머리를 쓰다듬으면서 이렇게 말하곤 했다. 대학생이 된 뒤로는 머리를 쓰다듬지 않았지만 나를 지그시 올려보면서 "다카시도 이젠 훌륭한 사람이 됐어. 반죽음이었는데 말이야. 그 머리가 조금 더 컸더라면 도저히 태어나지 못했을 거야"라고 말했다.

오테츠 숙모는 내가 의사가 된 지 3년째 되던 해에 돌아가셨다. 돌아가시기 전에 만났을 때 "반죽음이었던 네가 내 사맥(死脈)을 짚어주다니 정말이지 인간의 목숨은 흥미로운 거야. 오쓰네 씨가 살아있었더라면 더 그랬겠지……"라며 옛날을 그리워했다. 오쓰네 씨란 나의 어머니를 가리키며, 오테츠 숙모와는 사촌 간이었다. 어머니는 그보다 5년 전에 이미 세상을 떠나셨다.

아버지는 마쓰에 있는 다노(田野)라는 산부인과 병원에서 대리 진료를 맡고 있었다. 호수가 내려다보이는 커다란 병원이었으나, 나의 부모는 병원에 있는 방 한 칸을 빌려서 가난하게 살고 있었다.

어머니는 초산이라 성가신 일을 마다 않고 잘 돌봐주는 오테츠 숙모가 곁에 있어 주었다. 아버지는 마침 그때 왕진을 나가고 집에 없었다. 진통이 심해지고 양수가 터졌다. 그러나 태아의 머리가 산도에 비쳤을 뿐 그냥 그대로 걸려 버리고 말았다.

어머니는 그렇게 몸집이 작은 편이 아니었으나 초산인데다가, 태어나기 전부터 천하태평이었던 내가 좀 오래 태내에 머무는 사이 덩치가 너무 커진 탓이었다. 몇 시간을 기다려도 머리가 반쯤 나온 상태에서 더 이상 이 세상으로 나오지 않았다. 그대로 방치해 두면 아이는 물론이거니와 산모까지 위험했다. 병원장 선생이 드디어 기계로 잘라내기로 마음을 정하고 오테츠 숙모에게 그 사실을 알렸다.

간호사가 두개골을 자르는 기계와 메스, 끄집어 낼 갈고리 등 번쩍거리는 도구들을 가져왔다. 나의 생명은 그야말로 풍전등화였다. 그러나 나는 그런 소동이 어머니의 배 바깥에서 일어나고 있다는 사실조차 모른 채 느긋하게 산도에 끼어있었다. 그때 어머니가 "잠깐 기다려주세요. 남편이 지금 없으니까요"라면서 거절했다.

"이 아이는 나 혼자만의 아이가 아니에요. 남편과 상의한 뒤에 수술을 할지 말지 결정해 주세요."

통증과 괴로움에 시달리면서도 어머니는 끊임없이 애원했다.

"그렇게 우물쭈물하는 사이에 심장이 약해져서 당신마저 죽어요."

병원장 선생이 거듭 재촉했지만 어머니는 동의하지 않았다.

"이 아이의 발이 아직도 뱃속에서 움직이고 있어요. 이 아이는 아직 살아있어요. 살아있는 내 아이를 죽일 수는 없잖아요."

어머니는 가쁜 숨을 몰아쉬면서 외쳤다. 병원장 선생도 그 강한 모성에 질리고, 또 약간은 마음이 편치 않았던지 홀쩍 되돌아 나가고 말았다. 오테츠 숙모는 원래 마음이 약한 편이라 안절부절 못할 따름이었다.

"히로시 씨는 도대체 어디를 어슬렁거리고 있는 게야. 이런 날 왕진 따위는 가지 않아도 좋으련만. 왕진을 마쳤으면 잽싸게 돌아올 일이지. 아내와 자식이 다 죽어나갈 판인데…… 언니, 정말 괜찮아?"

숙모는 푸념을 늘어놓다가, 울먹이다가 하면서 앉았다 일어섰다 할뿐이었다.

어머니는 하급 사무라이의 딸이었는데, 원래 배짱이 두둑한 편이었다. 처녀 시절 집에 강도가 들어와 큰 칼을 들이민 적이 있었다고 한다. 어머니는 자리에서 일어나서는 "잠깐 실례합니다"면서 방을 나섰다. 강도는 등에 칼끝을 댄 채 따라왔다.

어머니는 유유히 변소로 들어가 버렸다. 강도는 바깥에서 투덜거리며 기다리고 있었다. 이윽고 "오래 기다렸지요?" 하면서 변소에서 나온 어머니는 방으로 돌아가 작은 서랍을 열고 한 뭉치의 지폐를 꺼내 1엔, 2엔, 3엔, 4엔 하고 세기 시작했다.

강도는 "세어보지 않아도 좋으니까 어서 내놓으라구!'라면서 칼을 어깨에 대고 다그쳤으나 어머니는 25엔, 26엔 하며 느긋하게 모두 돈을 센 다음 "자, 여기요. 액수가 틀리지 않는지 다시 한번 세어보세요"라고 다짐까지 했단다. 그러자 강도 쪽이 오히려 멈칫거리더니 허둥지둥 달아났다.

다음날, 강도는 이내 붙잡혔다. 입술연지가 묻은 지폐를 쓴 탓으로 꼬리가 잡혔다. 어머니는 변소에 들어가 입술에 연지를 바르고 나와 손가락 끝으로 입술을 눌러가며 1엔, 2엔 하고 헤아려 지폐 한 장 한 장에 모두 연지를 찍어두었던 것이다.

그런 어머니였으므로 모자(母子) 두 사람의 목숨이 경각에 달렸음에도 진땀 흘려가며 아이가 저절로 태어나기를 참고 기다렸던 것이다.

잠시 후, 그때까지 없었던 격렬한 진통이 생겨났다. 정신이 가물가물해질 지경이었다. 이제 끝장이다, 오체(五體)가 파열된다고 여긴 순간 씻은 듯이 모든 통증이 사라졌다.

그러나 어머니가 아무리 기다려도 아기의 울음소리가 들리지 않았다. 태어난 아기를 오테츠 숙모가 들어 올려보니 기다란 수세미처럼 머리가 찌그러져 있었고, 죽었는지 살

앉는지 손목이 꿰어놓은 떡처럼 덜렁덜렁 늘어뜨려져 있었다. 오테츠 숙모는 당황하여 갓난아이의 몸을 손풍금을 치듯이 두세 번 '꾹꾹' 눌러보았다. 그러자 비로소 "으앙!" 하며 세상에 태어난 신호를 울렸다고 한다.

그렇지만 아버지가 왕진에서 돌아올 무렵에는 문 밖에까지 들릴 만큼 큰소리로 울면서 환영했단다. 아버지는 깊은 잠에 빠져 있는 젊은 아내를 보고, 그 곁에 자그만 베개를 베고 울고 있는 나를 보고, 팔짱을 낀 채 기쁨의 눈물을 흘렸다. 오테츠 숙모는 "이 수세미 같은 머리가 커지면 쓸 모자가 없을 거야"라며 걱정하고 있었다.

오테츠 숙모와 어머니는 그로부터 1년 동안 틈만 나면 "둥글어져라, 둥글어져라"고 중얼거리면서 내 머리를 쓰다듬었다고 한다.

나는 지금도 이 기묘하게 생긴 큰 머리를 만지며 "태어날 때부터 반죽음이었지"라고 되뇐다.

40년 동안 반죽음에 빠진 경우가 스무 번이나 있었다. 그때마다 용케 위기를 벗어나 오늘까지 살아왔지만, 이번에는 아무래도 틀린 모양이다.

두 가지의 질서와 두 가지의 아름다움

—여기당(如己堂)에서 한수산(韓水山) 소설가

나가사키(長崎)로 여행을 떠난다는 말에 그곳 출신인 하쿠다케(百岳) 양이 말했다.

"뇨코도(如己堂)에도 꼭 들러보세요."

그녀는 놀랍게도 나에게, 90세를 넘기도록 오직 한평생 원폭에 관한 그림만을 그려온 마루키 화백을 알게 해 준, 일본대학 예술학부 학생이었다. 그리고 아내의 친구였다.

피해자로서의 일본. 역사인식에 있어 이 점이야말로 일본인이 가지는 블랙홀이라고 늘 생각했던 나로서는 그가 단순한 피폭자로서 전후 일본인의 눈물선을 감상적으로 자극한 사람은 아닐까. 그렇게 생각했을 뿐이었다.

나가사키는 아름답다. 일본 열도를 이루는 네 개의 섬 가운데 남녘에 있는 섬 규슈. 리아스식 해안으로 이루어진 규

슈가 알을 품듯 감싸고 있는 아름다운 항구이다.

나가사키는 비취빛으로 푸른 도시이다. 쇄국의 시대에 일본이 유일하게 개항을 했던 도시. 동서양이 혼재하여 한 여름의 수국처럼 흐드러진 도시. 오페라 '나비 부인'의 아리아 '어떤 개인 날'이 들려올 것만 같은 바로 그 오페라의 무대이기도 한 도시가 나가사키이다.

그것만이 아니다. 나가사키는 26명의 가톨릭 순교자를 낸 하느님의 땅이기도 하다. 그리고 나가사키는…… 1945년 8월 9일, 두 번째의 원자폭탄을 맞아야 했던 도시이다.

나가이 다카시 박사가 생전에 살았던 집과 그 집 옆에 세워진 기념관을 찾은 것은 나가사키 여행의 두 번째 날이었다.

다시는 이 땅에 전쟁이 없기를 기원하는 평화공원은 언덕 위에 있었다. 팔을 든 사내의 거대한 기념 조상을 중심으로 다듬어진 공원은 평화를 기리는 이들이 접어서 내다 건 종이학으로 뒤덮여 있었다. 이 평화공원 뒤쪽으로 조금 걸어 내려가자 길가에서 쉽게 그의 집과 기념관을 만날 수 있었다.

나가이 박사가 생전에 살았던 집은 그때 그 모습 그대로 보존되어 있었다. 이 집 이름이 뇨코도, 여기당(如己堂)이다. '이웃 사랑하기를 네 몸같이 하라' 는 성서의 말에서 따온 말이다. 원자폭탄으로 아내를 잃고 폐허가 된 나가사키에서 백혈병으로 쓰러진 채 두 아이와 함께 살았던 다다미 2칸짜리 작은 집이다.

옛집 '여기당' 옆으로는 그의 기념관이 세워져서 사람들을 맞고 있었다. 도서관의 역할을 겸하고 있어서, 책가방을 든 초등학생들이 재잘거리며 드나들고 있었다.

세계 여러 나라에서 번역 출간된 나가이 박사의 책이 진열된 코너도 있었다. 거기에서 나는 아주 오래 전에 한국의 종교 관계 출판사에서 나온 그의 책을 한 권 볼 수 있었다. 누렇게 색깔이 변한, 그 책이 출간될 때의 우리 경제 사정을 말해 주듯 초라해 보이는 책이었다. 그것이 《로사리오의 기도(눈물이 마를 날은 언제인가)》였다.

그날 밤이었다. 여행에서 나를 가장 힘들게 하는 것은 잠자리가 바뀌면 잠을 제대로 자지 못하는 못된 정서이다. 거의 하루 한두 시간의 잠으로 여행의 처음 며칠을 이어간다. 이것도 이제는 체질 아닌 체질이 되어 버렸다. 그래서 내 여행에 빼놓을 수 없이 필요한 것은 언제나, 수면을 위한 술과 불면을 위한 책이었다.

그날 밤, 여행길에 지쳐 일찍 잠이 든 가족들 옆에서 나는 호텔방 한쪽 구석의 스탠드를 켜고 나가이 박사의 책을 읽기 시작했다. 《이 아이들을 남겨두고》. 나가이 박사가 병이 깊어지면서, 이제 엄마도 없는 세상에 남겨두고 가야 할 두 어린아이들에게 쓴 글이었다.

"아, 아빠의 냄새다."

학교에서 돌아온 어린 딸이 아빠 옆에 와 중얼거리곤 하는 한마디였다. 그 책은 그렇게 시작하고 있었다. 나가이 박사의 병세가 깊어져서 이제는 혼자 일어나 움직이지도 못하게 되어 있었다. 학교에서 돌아온 딸은 그렇게 종일 자리에 누워 있어야 하는 아버지 옆으로 다가와 속삭이듯 말하는 것이었다. 아, 아빠의 냄새다.

화살을 맞듯이 이 첫줄에 찔려 버린 나는 그날 밤…… 콧물을 훌쩍거리며, 눈 밑을 닦아가며 밤을 지새며 그의 글들을 읽었다.

《로사리오의 기도(눈물이 마를 날은 언제인가)》와 크게 다를 것이 없이, 그 책도 나가이 박사의 짧은 단상들로 이어져 있었다. 거기에는 참 많은 아포리즘이 있었다. 그러나 그 아포리즘은 금빛으로 단장된 찬란한 금언이 아니었다.

딸아이가 느끼는 아버지의 냄새처럼, 슬픔과 체념과 그러나 차마 버리지 못하는 희망과 그리고 무엇보다도 삶에의 뜨거운 열정을 껴안고 살아가는 사람의 냄새 그것이었다.

흔히 '폭탄이 떨어졌다'고 말하지만, 원자폭탄은 떨어지지 않는다. 하늘에서 폭발한다. 그와 함께 순간적으로 가공할 방사능, 열, 바람을 동반한 파괴가 이어진다. 건물을 그대로 가루가 되고, 사람들은 열 때문에 한순간에 온몸이 타붙어 버린다.

1945년 8월 9일, 나가사키 500미터 상공에서 작렬한 원자폭탄은, 최대 반경 240미터의 불덩어리였다. 그 중심온도는 100만도, 표면온도가 7,000도였던 것으로 알려져 있다. 태양의 표면온도가 6,000도인 것을 생각한다 해도 그것이 얼마나 가공할 열인가는 쉽게 상상이 되지 않는다.

거기에 뒤따르는 방사능, 열선, 폭풍…… 모든 것이 한순간에 녹아내렸다. 폭심지(원폭 폭발 상공으로부터 직하 지점)로부터 반경 2킬로미터까지 80퍼센트의 건물이 산산조각이 나며 무너져 내렸다. 말 그대로의 잿더미였다. 그 순간의 사망자가 7만 4,000여 명이었다.

이때 나가이 박사는 나가사키 의대 교수로서 폭심지로부터 700미터 떨어진 부속병원 본관 2층 연구실에서 원폭을 맞았다. 뢴트겐 필름을 준비 중이었다.

폭풍이 연구실 유리를 박살내며 쓰러진 그의 몸 위로 쏟아져 내렸다. 오른쪽 눈 위와 귀가 찢어진 채 피를 흘리며 쓰러진 그의 몸 위로 다시 바람에 날린 의자며 침대들이 뒤덮었다.

옆을 지키던 5명의 간호사는 몸통째 어디론가 날아가 버리고 보이지조차 않았다. 그렇게 나가사키는 '불의 세례'를 받았고, '불의 바다'가 되었다.

그의 아내 미도리(綠) 여사는 이날 38세로 세상을 떠났다. 발견된 시신은 죽은 몸이라는 뜻의 시신과 달랐다. 그것은 폭심지에서 멀지 않은 곳의 피폭자가 대부분 그랬듯이 이미 희디흰 뼈일 뿐이었다. 산으로 소개(疏開)되었던 아들 마코토(誠一)가 할머니와 함께 그 뼈를 간추렸다. 잊지 말아라, 이게 네 어머니다. 겨우 10세였던 아들이었지만 할머니가 통곡 속에 들려주던 이 말이 남았다. 말대답 하지마라. 거짓말 하지 말라. 늘 그렇게 아들을 가르쳤던 어머니였다.

어머니를 잃고 남은 아이들은, 그때 아들이 초등학교 4학년으로 10세, 딸 가야노(茅乃)는 4세였다.

나가이 박사의 생애가 가지는 아이러니는 '방사능'이라는 말로 함축될 수 있다. 의사로서 방사능을 연구하던 학자였던 그가 나가사키의 원폭 피해자가 되었기 때문이다.

이 무렵 백혈병은 이미 나가이 박사를 덮치고 있었다. 피폭 당시 그는 앞으로 2년밖에 살지 못한다는 진단을 받은 상태였다. 이런 상태에서 원폭으로 부상을 당했기 때문에 더 빨리 죽는 것은 아닐까 하는 공포가 그에게는 있었다. 그러나 박사는 그 후 6년 반을 견디면서 원폭의 문제, 전쟁과 평화의 문제, 신의 문제, 그리고 남겨놓고 가야 하는 두 아이에 대한 아버지로써의 마음들을 써나갔다. 그것이 《로사리오의 기도(눈물이 마를 날은 언제인가)》를 비롯한 수많은 글이다.

골수성 백혈병으로 해서 그는 죽기 얼마 전 오른팔의 뼈가 부러지면서 다시는 글을 쓰는 것마저 포기해야 했다. 병은 이미 깊을 대로 깊어져 있었다.

무언가 힘을 내야 한다는 생각에서 어린 아들은 민물고기며 산나물을 구해왔고, 저녁이면 두 오누이가 아버지를 주물렀다. 그 좁은 방, 약 냄새가 풍기는 다다미 2장의 방에서. 이 무렵 그는 적고 있다. '혼자서는 걸을 수도 없다. 그러나 아직도, 생각할 수 있는 힘이 있고, 말할 수도 있고, 연필을 잡고 쓸 수도 있다.' 그때 그가 생각한 것이, 모든 생명을 한순간에 파괴하는 원자폭탄이 이 땅에 두 번 다시 없게 하는 일, 방사능의 영향에 대해 더 많은 연구를 하는 일이었다. 스스로 할 수 없기에 그는 글을 쓰는 것으로 그 길을 마지막까지 갔던 것이다.

그리고 1951년 5월 1일, 자신이 근무했던 나가사키 의대 병원에 입원했으나 그는 그날을 넘기지 못하고 세상을 떠났다.

"기도해 주십시오."

그것이 그가 남긴 마지막 말이었다. 아들이 뛰어가 십자가를 가지고 와 아버지의 오른손에 쥐어주었다. 두 번 다시 원폭의 참화가 있어서는 안 된다는 신념 속에 병상에서도 집필을 계속했던 그 손은 십자가를 쥔 채 희디희게 변해 갔다고 한다.

그의 장례는 나가사키 시민장으로 치러졌다. 가톨릭 신자로서도 깊은 신앙심 속에서 생활했던 그였다. 사후에 남겨진 사진 가운데는 묵주를 손에 감은 채 굳게 두 손을 움켜

쥐고 앞을 응시하고 있는 사진이 있다. 조금 높이 든 두 눈은 형형하게 빛나고, 수염이 자란 얼굴은 엄숙함을 넘어서서 처연하도록 아름답다.

그가 남긴 많은 글들은 일본 국내는 물론 외국에서도 번역되어, 원폭의 참상과 평화를 알리는 비둘기가 되어 날았다.

그날 밤, 나는 한밤의 호텔 로비로 나와 잠든 나가사키를 내려다보았다.

언덕 위에서 내려다보는 나가사키는 밤에도 아름다웠다. 불빛만이 빛나는 밤의 나가사키에는 원폭의 아픔도, 나비부인의 애절함도, 네덜란드 언덕길의 돌계단을 오르는 발소리도 들려오지 않았다. 어딘가에서 보랏빛 수국이 소리 없이 고개를 숙이며 밤이슬을 맞고 있을 것만 같은 고요가 있을 뿐이었다.

그때 생각했다. 나가이 박사가 보여주는 슬픔의 울타리는 무엇일까. 비로소 나는 인류애라는 말을 떠올릴 수가 있었다. 그랬다. 그것은 인류애라는 말이 아니고는 어떻게도 설명하기 힘든 슬픔이었다.

나가이 박사가 드러내는 순결함과 슬픔은 단순하지 않

다. 그의 글에는 참으로 많은 슬픔의 고리들이 있다. 나가이 박사의 글에서 느끼는 슬픔은 이렇게 여러 가지의 서로 다른 슬픔의 고리들이 서로 묶이면서 만들어내는 슬픔은 아닐까.

피폭지라는 공간 나가사키, 패전 일본이 맞아야 했던 시대의 처절함, 아내를 잃고 두 아이를 보살펴야 하는 아버지. 그리고 찾아온 병마와…… 그런 사슬들이 엮어져서 만들어내는 슬픔이었다. 그러나 그는 이 모든 비극과 절망을 개인의 불행이라는 울타리를 넘어서서, 패전 일본의 피해자 의식을 뛰어넘어, 인류의 문제로 끌어올리고 있다. 그 자신의 개인적인 불행을 넘어서서, 나가사키라는 도시가 가지는 비극과 군국주의 일본이 지지 않으면 안 되는 책임, 그리고 하느님에 대한 참회의 마음을 기도하듯 적어나가고 있다.

나가이 박사의 글을 읽는 우리가 감상을 넘어서야 하는 이유가 여기에 있다.

밤 깊은 나가사키의 불빛을 내려다보며 나는 알 수 있었다.

그의 글에서 나는 두 가지의 질서를 보았다. 하나는 하느님을 향한 저 하늘의 질서였다. 그리고 하나는 삶에 지친 힘겨운 다리를 끌면서라도 끝까지 걸어갈 수밖에 없는 이 땅의 질서였다. 어느 것 하나 소중하지 않은 것이 없는 그 두 가지 질서의 하모니, 이 속에서 나는 나가이 박사의 글을 읽으며 눈물을 훔쳤던 것은 아닐까.

아니다. 그것은 어쩌면 나가사키에서 만날 수 있었던 두 가지의 아름다움 때문이었는지도 모른다. 종교의 도시. 원폭의 도시. 엄마 없는 아이들. 죽어가는 아버지. 기도하고 기도하며 살아가는 작디작은 가족. 그것이 보여주는 커다란 아름다움과 작은 아름다움, 그리고 그 둘 다가 간직하고 있는 소중함들 때문은 아니었을까. 그것은 바로 이 척박한 땅에서나마 우리가 붙안고 있는 삶의 소중함이 아닌가.

도쿄로 돌아온 후였다. 이따금 나는 도쿄 요쓰야(四谷)에 있는, 그의 책을 독점 출판하는 출판사의 매장에 들러 나가이 박사의 다른 자료가 없나 서성이곤 했다. 그런 날이면, 그의 책을 하나 사들고 돌아오는 날이면, 무엇보다도 따뜻했다. 가슴에 작은 불이 하나 켜지는 것 같았다. 외롭게 바람 불던 내 도쿄의 혼자살이, 그때 그것은 차라리 위안이었다. 누군가의 비극이 누군가에게는 위안이 되는구나. 많이 불행했던 사람의 고통은 작은 고통을 가지고 힘들어 하는 사람에게 그 힘듦마저 덜어주는 구나 싶었다.

그리고 후에 나는 그의 딸, 아빠의 냄새를 이야기하던 그 딸이 쓴 책을 구할 수 있었다.

눈물겨웠다. 다 장성한 딸이 다시 나가사키를 찾아와 평화와 사랑을 이야기하는 회상기였다.

육체의 그것과 달리 가슴의 상처는 아물어도 언제나 건드리면 아프다. 나는 잘 자라준 딸에게 감사하면서, 또 그때 그 한밤에 나가이 박사의 사랑의 화살에 찔려 아파했던 그 마음으로 눅눅해져서 이번에는 딸의 화살을 맞았다.

'오랜 시간 후에 우리의 비극은 치유될 수 없는 고통으로 끝나고 그 자리에는 만지지 않더라도 저절로 아픈 상처인 더 심하고 이질적인 고독이 남았다.'

이탈리아의 언론인 오리아나 팔라치가 사랑했던 남자 파나 굴리스를 회상하면서 남긴 말처럼, 나가이 박사의 여러 말들은 고독에 가까운 내상(內傷)이 되어 내 안에 자리잡고 있었던가 보았다. 외롭고 어렵게 피폭 문제를 취재하던 그 무렵의 내 정서가 나를 그렇게 몰아갔는지도 몰랐다.

이제 와서, 원폭 50년을 넘어선 이 시점에서 '나가이'의

글인가? 하고는 묻지 말자. 우리는…… 일본을, 식민지 시대를, 원폭을 여기서 읽고자 하지 않는다. 다만 한 인간을 읽어야 한다. 아니, 인류를 읽어야 한다. 그의 글이 우리에게 읽히기를 바라는 점도 그것이리라. 이 책에는, 우리가 문명이라고 말하는 것과 한 인간의 죽음이 어떻게 자리매김 하는가를 묻는 깊은 뜻이 있다. 그리고 소리 없이 그것을 가르치고 있다.

두 아이를 남겨두고 죽음의 길로 떠나며, 그는 어느 때를 '이제는 떠나야 할 때'라고 생각했을까.

'이제 헤어져야 할 시간이다. 나는 죽음을 향해, 너는 삶을 향해 떠난다. 누가 옳은가는 신만이 알리라.' 플라톤의 《대화》에 나오는 이 말과 함께, 다시 오리아나 팔라치의 한마디를 옮겨본다.

'인간이 된다는 것은, 자유로워지는 것, 용기를 갖는 것, 투쟁하는 것 그리고 책임을 지는 것을 의미한다.'

나가이 다카시 박사. 그는 끝내 자유로워졌으며, 마지막까지 용기를 잃지 않았고, 자신의 믿음을 지키기 위해 투쟁했으며, 그리고 책임을 다했다.

그의 기념관에 이 책이 놓이는 때를 기쁘게 기다린다.